Paolo Cognetti, 1978 in Mailand geboren, verbringt seine Zeit am liebsten im Hochgebirge, und seine Erlebnisse in der kargen Bergwelt inspirieren den Mathematiker und Filmemacher zum Schreiben. Für seinen internationalen Bestseller *Acht Berge* erhielt er u. a. den renommiertesten italienischen Literaturpreis, den Premio Strega. Der Roman wurde für das Kino verfilmt und mit dem Preis der Jury in Cannes ausgezeichnet. In *Unten im Tal* kehrt Paolo Cognetti zurück in die atemberaubende Hochgebirgswelt. Von der Kritik und dem Publikum gleichermaßen gefeiert, gehört er zu den renommiertesten Persönlichkeiten Italiens.

Unten im Tal in der Presse:

»Paolo Cognetti ist einer der größten Schriftsteller. Seine Bücher weisen über die Gegenwart hinaus, als wäre er ein Melville oder ein Hemingway.« *Il Fatto Quotidiano*

»Paolo Cognetti schreibt literarischer denn je. Ein Roman, den man immer und immer wieder lesen kann.« *Doppiozero, Giuseppe Mendicino*

»Seine spärliche und harte Prosa erinnert an das Sesia Tal mit seinen Kontrasten, an seine schattigen Waldhänge und die lichten Felder.« *La Repubblica*

»Eine wunderschöne Fabel über das Schicksal zweier Brüder.« *Le Figaro littéraire*

»Melancholischer moderner Bergroman, entspannt erzählt (…).« *Playboy*

Außerdem von Paolo Cognetti lieferbar:
Acht Berge. Roman.
Sofia trägt immer Schwarz. Roman.
Mein Jahr in den Bergen. Vom Abenteuer des einfachen Lebens.
Gehen, ohne je den Gipfel zu besteigen.
Das Glück des Wolfes. Roman.

www.penguin-verlag.de

PAOLO COGNETTI

UNTEN IM TAL

ROMAN

Aus dem Italienischen von
Christiane Burkhardt

PENGUIN VERLAG

Die Originalausgabe erschien 2023
unter dem Titel *Giù nella valle*
bei Giulio Einaudi Editore, Turin.

Questo libro è stato tradotto grazie ad un contributo alla traduzione assegnato dal Ministero degli Affari Esteri e della Cooperazione Internazionale italiano.

Dieses Buch wurde übersetzt dank einer Übersetzungsförderung des italienischen Ministeriums für auswärtige Angelegenheiten und internationale Kooperation.

FSC www.fsc.org
MIX
Papier | Fördert
gute Waldnutzung
FSC® C014496

Penguin Random House Verlagsgruppe FSC® N001967

1. Auflage

in der Penguin Random House Verlagsgruppe GmbH,
Neumarkter Straße 28, 81673 München
produktsicherheit@penguinrandomhouse.de
(Vorstehende Angaben sind zugleich Pflichtinformationen nach GPSR)

This edition is published in agreement with the author
through MalaTesta Lit. Ag., Milano
Redaktion: Sylvia Spatz
Umschlaggestaltung: Favoritbüro unter Verwendung einer
Illustration von Nicola Magrin
Published by arrangement with The Italian Literary Agency
Satz: Vornehm Mediengestaltung GmbH, München
Druck und Bindung: GGP Media GmbH, Pößneck
Printed in Germany 2025
ISBN 978-3-328-11352-2

www.penguin-verlag.de

Fontane, 2023

Für Andrea, Davide und unsere gemeinsame Zeit
in der Sottile-Hütte.
Für Fede und unser Erwachen.
In Liebe.

Unten im Tal

It's either this or bobcat hunting
with my friend Morris.
Trying to write a poem at six this
morning, or else running
behind the hounds with
a rifle in my hands.
Heart jumping in its cage.
I'm 45 years old. No occupation.
Imagine the luxuriousness of this life.
Try and imagine.

Entweder das oder die Luchsjagd
mit meinem Freund Morris.
Versuchen, ein Gedicht zu schreiben um sechs
in der Früh oder aber im Laufschritt
den Hunden hinterher,
ein Gewehr in der Hand.
Das Herz hüpft in seinem Käfig.
Ich bin 45. Ohne einen festen Job.
Stellt euch vor, welch ein Luxus so ein Leben.
Versucht es euch vorzustellen.

Inhalt

Valsesia

SIE WAR EINE Hündin, die noch keinen zweiten Winter kennengelernt hatte und auch sonst nichts anderes als die Garage an der Landstraße. Ganz hinten in der Werkstatt spielte sie für sich mit dem Gummifetzen eines alten Autoreifens: Sie biss hinein, schleuderte ihn von sich und rannte, um ihn sich wiederzuholen, als sie auf einmal bemerkte, dass sie Zuschauer hatte. Aus der Kiesgrube nebenan war ein grauer Hund aufgetaucht, der sie beobachtete. Dort lag auch der Fluss, der aber im Herbst nicht viel Wasser führte und leicht zu durchqueren war. Sie ließ den Gummifetzen fallen, um den Duft des Rüden zu erschnuppern, doch als sie die Schnauze hob, sah sie drei weitere hinter dem Schrotthaufen hervorkommen. Drei Schäferhunde mit schlammbespritztem Fell und Glöckchen am Halsband. Die kannte sie. Tagsüber hüteten sie die Schafe, die die Stoppelfelder und das Gras um die Lagerhallen abweideten, abends stromerten sie herum und guckten, wo es was zu holen gab. Nur dass sie jetzt nicht zum Fressen, sondern ihretwegen hier waren. Die Hündin wusste, was sie hergeführt hatte und gleichzeitig auch wieder nicht. Jetzt, wo sie knapp über ein Jahr alt war, gehörte dieses neue Interesse der Rüden an ihr zu den Dingen, die sie rasch lernte – aufregende und gefährliche Dinge wie die Lagerfeuer der Jungs im Sommer oder die Strömung des Flusses, die sie einmal fast fortgerissen hätte.

An der Werkstattwand stand ein aufgeplatzter Sitz, auf dem sie sich jetzt zusammenrollte. Ein Autositz, der schon Generationen von Hunden beherbergt hatte. Ganz in der Nähe grub der Bagger seinen Arm ins Flussbett, förderte eine Schaufel Sand und Kies zutage, und genau in diesem Moment kam der graue Hund näher. Die drei Schäferhunde klärten noch mal die Rangordnung. Der Älteste und Kräftigste musste nur knurren und kurz die Zähne fletschen, um den zweiten dazu zu bringen, von seinem Vorhaben abzulassen. Der verschwand winselnd, während der dritte Abstand hielt. Dann näherte sich der Anführer mit kleinen Schritten – ein männliches Ritual, das die Hündin kannte. Drohen, knurren, Zähne fletschen – so trugen die Hunde im Tal ihre Konflikte aus, doch der Graue kam woanders her, hatte eine andere Erziehung genossen –, sei es durch den Menschen, sei es durch das Leben. Als der Anführer die Nackenhaare aufstellte und alle Muskeln anspannte, um ihn einzuschüchtern, stürzte er sich ohne jede Vorwarnung auf ihn. Er war der Schmächtigere der beiden, doch der Aufprall genügte, um den anderen auf den Rücken zu werfen, dann hielt er ihn mit einer Pfote fest und schlug ihm die Zähne in die Kehle. So etwas hatte die Hündin noch nie erlebt. Sie verspürte eine ungekannte Erregung, während sich der Graue festbiss, die Kehle des zappelnden Schäferhunds einfach nicht losließ. Bis auch dessen Gefährten, die nervös um sie herumstrichen, sahen, wie der Körper ihres Anführers erschlaffte, wie das Blut aus seinem Hals strömte und den Boden tränkte. Jetzt wirkte auch er wie ein alter Reifenmantel, und im Nu waren die beiden über die Felder verschwunden.

Ein Tankwagen fuhr vorbei, eine dünne Schicht Raureif auf dem Dach, die als Wolke verwehte. November. Die Hündin verließ den Autositz und begrüßte den sich nähernden Rüden mit einem Schwanzwedeln. Seine Wut von vorhin hatte sich bereits wieder gelegt, er beschnupperte sie sanft und ließ sich beschnuppern. Sie nahm den Duft von Wald, Erde, Laub wahr, vom Blut des Hundes, den er soeben getötet hatte. Sie bekam Lust, an ihm zu lecken, und leckte an ihm. Dann nahm er sie, womit ihre Kindheit unwiederbringlich vorbei war.

Sie zogen flussaufwärts an diesem Tag, rannten vor lauter Begeisterung, sich begegnet zu sein, vorbei an den Schotterbänken und kleinen Inseln, durch die trostlose Landschaft im Tal. Die Bergkämme in der Ferne waren verschneit, aber am Fluss ragten Zementwerke, Möbelfabriken, Agrarhandel-Niederlassungen und Lagerhallen empor. Sie sahen die Ratten in den Abwasserkanälen, die Krähen auf den Mülldeponien, witterten den Dung auf den Feldern. Und als sie am Ufer auf Menschen in einem Transporter stießen, begriff die Hündin, die Menschen nicht fürchtete, dass der Rüde diese mied, weil sie sich einmal mehr umschauten, bevor sie ihren Weg jenseits des Flusses fortsetzten. Sie rannten an einer Umzäunung entlang und bald darauf standen sie vor einem Stauwehr, von dem Rohre wegführten. Sie hörten Verkehrsrauschen, irgendwo jenseits der Böschung. Es dämmerte, und er wollte warten, bis es dunkel war, bevor sie sich aus der Deckung wagten. Während sie ausharrten, bekam die Hündin Hunger, sie hatte schon seit Stunden nichts mehr im Magen, was sie ihm zu verstehen gab wie es Welpen tun, sie leckte ihm das Maul und knabberte sanft daran, so als wäre er ihr Vater und müsste ihr etwas zu fressen besorgen. Insgeheim genoss er diese Tortur.

Bei Dunkelheit führte er sie die Landstraße entlang, zu einem Gebäude mit einer großen Neonreklame an der Fassade, eine Kugel, die in regelmäßigen Abständen auf Kegel zurollte. Auf dessen Rückseite gingen eine Metalltür und ein kleines Milchglasfenster auf einen Parkplatz hinaus. Ein dort angebundener Hund bemerkte sie. Er war klein und zerrte bellend an seiner Leine, während sie sich dort versteckten, wo kein Licht mehr hindrang. Nach einer Minute hörte der Kleine damit auf, starrte in die Dunkelheit, hörte irgendwo einen anderen Hund bellen und antwortete ihm, als die Metalltür aufging und ein junger Mann mit weißer Schürze herauskam. Der Kleine wedelte überglücklich. Der junge Mann warf zwei Müllsäcke gegen die Mauer, schaute in den dunklen Himmel ohne Mond und Sterne, zog etwas aus einem Beutel, reichte es dem Hund und kraulte ihn, während der ihm aus der Hand fraß, am Kopf.

Bei diesem Anblick verspürte die zwischen den Autos versteckte Hündin eine bislang unbekannte Sehnsucht. Nach dem Gestreicheltwerden, nicht nach dem Fressen.

Nach der Zuneigung des jungen Mannes und dem bedingungslosen Vertrauen des Hundes – eine Art Wehmut.

Doch der Rüde ließ ihr keine Zeit: Kaum war der junge Mann in die Küche zurückgekehrt, trat er aus der Dunkelheit. Der Kleine nahm das Maul aus der Schüssel, aber er war ein Winzling und außerdem angebunden, was wollte er da schon ausrichten? Noch ehe er bellen konnte, war ihm der andere schon an die Kehle gegangen. Der Kleine stieß ein pfeifendes Röcheln aus, in der Küche hörte niemand etwas und niemand kam, um nach ihm zu schauen. Als sie zu ihnen stieß, lag er bereits tot da: mit offenem Maul und heraushängender Zunge. Ihr Liebhaber hingegen hatte sich bereits abgewandt und riss mit Zähnen und Krallen die Müllsäcke auf. Sie fanden lauter Köstlichkeiten, Fleisch, Nudeln, Knochen, fraßen sich neben dem angeleinten leblosen Körper satt, während die Neonkugel unter dem dunklen Himmel Kegel zu Fall brachte.

In den Dörfern der Valsesia, über die gerade der Winter hereinbrach, sprach sich beidseits des Flusses das mit den toten Hunden herum – der Schäferhund, der Mischling von der Bowlingbahn, dann der Jagdhund, der in den Wald gerannt und nicht mehr zurückgekehrt war, der Wachhund eines Sägewerks … und das mit dem Killer, der sie alle auf die gleiche Art getötet hatte, alles Rüden. In den Kneipen, wo man sich darüber austauschte, wettete so mancher auf einen Wolf. Nur Wölfe töteten so oder etwa nicht? Andere glaubten, das wäre ein entlaufener Kampfhund, dessen Herrchen den Verlust bewusst verschwiegen hatte. Irgendwann setzte sich die Theorie durch, das wäre ein Mischling, eine dieser Kreuzungen zwischen Streuner und Wolf, die man für eine Mutation hielt. Teuflische Geschöpfe, weil zwei Seelen in ihrer Brust wohnten: die des an den Menschen gewöhnten Haushunds und die des grausamen Wolfs. Örtlichen Legenden zufolge näherten sie sich zutraulich, um dann ohne Vorwarnung anzugreifen. Eine Theorie, die jedoch für Probleme sorgte, weil man einen tollwütigen Hund erschießen durfte, ja sogar musste, nicht aber einen Wolf, der war streng geschützt. Wie hatte man mit einem Hybriden umzugehen? Diskussionen, die beim Aperitif aufkamen. Bei einem zweiten Gläschen Bonarda, einem Weißwein, einem Campari. Und bei der nächsten Runde machte man keinen Hehl mehr daraus, dass die Forstpolizei untätig blieb. Die verteile lieber Bußgeldbescheide statt ihre Bürger zu schützen. Zugegeben, von Angriffen auf Menschen hatte man noch nicht gehört, aber welche Mutter ließ ihr Kind jetzt noch draußen spielen? Es war jedenfalls Jagdsaison, und Jäger gab es genug im Tal. Sie hatten es auf Wildschweine abgesehen, auf Gämsen, Rotwild, Blondinen … So vertrieben sich Männer eben die Zeit, sie machten Anspielungen und stießen sich in die Seite, warfen zwei Erdnüsse ein und zwinkerten der Kellnerin zu. Um dann ihr Glas zu leeren, zu zahlen, in ihren Pick-up zu steigen und zum Abendessen zu ihrer Ehefrau zurückzukehren. Falls ihnen irgendein Vieh in Gestalt eines Hundes über den Weg lief, überfuhren sie es ohne zu zögern.

In dieser Nacht träumte sie von ihrer Mutter. Sie träumte, dass sie noch klein und wie ihre Wurfgeschwister fast eins mit ihrer Mutter war. Außerhalb des Traums zuckte sie mit den Beinen und winselte leise, im Traum stritt sie mit anderen Welpen um eine Zitze. Es waren Menschen da, keine tatsächlichen Gesichter, aber man spürte ihre Nähe, hörte ihre Stimmen. Dann ließ eine dieser Stimmen die Hand sinken, eine die größer war als sie, sie fühlte die riesigen Ausmaße, die Finger um ihren Körper, die Hand, die sie packte und hochhob.

Vor lauter Schreck wachte sie auf und fand sich im Dunkeln wieder, ohne zu wissen, wo sie eigentlich war. Als Erstes erkannte sie den Duft ihres Liebhabers wieder, sein dichtes Fell und den Brustkorb, der nur aus Haut und Knochen bestand. Dieser Duft beruhigte sie sofort. Dann nahm sie nach und nach auch alles andere in der sie umgebenden Dunkelheit wahr: den Zementpfeiler, bei dem sie Unterschlupf gefunden hatten, das über sie hinwegfahrende Auto, das Plätschern des Flusses. Sie wusste nicht, seit wie vielen Tagen sie schon an seinem Ufer bergauf liefen. Sie fragte sich auch nicht, wohin der Rüde sie führte, sie folgte ihm einfach. Er wachte über sie, auch jetzt: Seine Atmung sagte ihr, dass er ruhte, aber nicht schlief.

Als sie früh am nächsten Morgen im Schutz des Waldes weiterliefen, fiel ihr eine Bewegung in der Flussmitte auf. Sie schnupperte und roch den Duft einer Frau, den sie von dem eines Mannes unterscheiden konnte. Sie wurde neugierig, ließ den Rüden vorangehen und wagte sich bis an den Rand der Vegetation, bis ans Wasser vor.

Langsam tauchte die Frau in einer Gumpe unter. Sie hatte sehr helle Haut und rote Haare. Es war kalt, der

Atem stand ihr in kleinen Wolken vor dem Gesicht, dennoch tauchte sie nach und nach in den Fluss ein. Das Wasser reichte ihr bis zu den Oberschenkeln, als sie sich beobachtet fühlte. Sie drehte sich zu den Sträuchern und sah sie. Ihre Blicke begegneten sich. Wieder empfand die junge Hündin diese Sehnsucht, diese Wehmut.

Inzwischen stand ihr Liebhaber neben ihr. Auch er beobachtete die Frau, und die Frau betrachtete sie beide. Dann gab der Rüde der Hündin einen Stups mit dem Maul und setzte seinen Weg fort. Die hatte Angst, ihn zu verlieren, wenn sie noch blieb, deshalb ließ sie die Frau im Fluss zurück und folgte ihm notgedrungen.

Irgendwann veränderte sich die Landschaft und der dichte Mischwald des Tals wich Nadelbäumen sowie dünner gesäten Birken: schmale Birken am Ufer, dichter Wald dahinter. Auch der Fluss, der unten stets gestaut war, eingedämmt, ausgetrocknet von den vielen Wasserentnahmen, floss hier ungehindert zwischen den Steinen dahin. Dort, wo eine seiner Schlaufen nach Norden führte, stießen sie unerwartet auf Schnee. Nur auf einen Hauch Schnee, der vor einigen Tagen gefallen und noch lag, wo Schatten war. Die junge Hündin schnupperte daran und erkannte den Duft, der schon ein paar Mal von weit her gekommen war. Sie bekam Lust, davon zu kosten und stellte fest, dass Schnee nichts zum Fressen, aber zum Spielen war. Mit den Krallen scharrte sie die vereiste Schicht weg, vergrub die Schnauze darin, nieste und füllte erneut Maul und Ohren.

Der Rüde hatte inzwischen eine Baracke aus Holz und

Wellblech gefunden. Ein Schornstein kam aus dem Dach, der aber nicht rauchte. Er schnüffelte sie ab, witterte keine Gefahr und folgte einem Duft, der ihn zu einem Grillrost auf zwei Ziegeln führte. Fettreste waren daran kleben geblieben und weiteres Fett war in die Asche gefallen. Er wühlte darin, um etwas herauszuziehen, das er erschnuppert hatte.

Sie war es, die den Hund aus dem Wald schießen sah. Sie sah ihn rennen, er war groß und schwarz: Er warf den Grauen um und verbiss sich in dessen rechter Flanke. Der überrumpelte Graue konnte sich drehen und biss um sich so gut er konnte, aber der andere hatte ihm die Zähne bereits ins Fleisch geschlagen und ließ nicht locker. Sie sah, wie sie zwischen dem Fluss und dem Schnee hin und her rollten. Sie winselte verängstigt, wagte es nicht, sich einzumischen. Immer wieder gingen die beiden Rüden aufeinander los und warfen sich gegenseitig um, bis der Graue, der sich wehrte, so gut er konnte, Glück hatte. Das Gewicht beider Hunde kam auf dem verrenkten Hals des Schwarzen zu liegen, und sie hörte, wie ein Wirbel brach. Sofort öffnete sich sein Fang. Der Schwarze lag zappelnd am Boden und kam nicht mehr auf die Beine, und der Graue ging ihm mit all der Wut, die er im Leib hatte, an die Kehle. Mit einer solchen Brutalität, dass er ihm das Lederhalsband durchbiss.

Er war das achte Opfer ihrer Flucht. Rasch verließen sie diesen Ort, anschließend half sie ihm, sich zu versorgen. Eine Wunde klaffte an seiner Flanke, genau dort, wo der Brustkorb in den empfindlichen Bauch überging. Sie leckte ihn und merkte, dass sein Blut auch nicht anders schmeckte als das der von ihm getöteten Hunde. Sie leckte die Wunde, befreite sie von Schmutz, leckte sie bis zum zuckenden Fleisch, schaffte es aber nicht, die Blutung zu stoppen.

Das neunte Opfer war bloß irgendein Straßenköter, der sich gerade im falschen Moment zwischen den Mülltonnen aufhielt, und das zehnte einer, der die Witterung der Hündin aufgenommen hatte, aber besser auf seinem Hof geblieben wäre. Zehn unschuldige Hunde, zehn innerhalb weniger Tage getötete Rüden.

Ihre letzte Nacht verbrachten sie unter einem Felsvorsprung, der so weit vorstand, dass er ihnen Schutz bot. Mittlerweile schlief auch sie nicht mehr, sie hörte, wie er hechelte, sich die Wunde leckte, seine Position änderte, und irgendwann ging oben am schwarzen Himmelstreifen der Mond über ihnen auf. Ein Herbstmond, der das Flussbett beschien, den Schnee an den Ufern und diesen schwach zum Funkeln brachte: Der Schnee fing das Mondlicht ein. Von diesem Leuchten überrascht, hob der Rüde den Kopf und spitzte die Ohren. Er starrte den Mond an, schnupperte und lauschte, als wartete er auf eine Stimme, auf irgendetwas oder irgendwen, der nach ihm rief, doch in der Dunkelheit war nichts als das unablässige Rauschen des Flusses zu hören.

Bei Tagesanbruch waren sie noch zusammen, zwischen zwei Steilufern und großen, ineinander verkeilten, vom Hochwasser mitgerissenen Baumstämmen. Er humpelte vorneweg und verlor Blut, trotzdem schien er nach wie vor ein Ziel zu haben, als sie die Hunde kommen sah. Es waren Jagdhunde, sie folgten der Blutspur und kläfften, weil sie die Beute bereits witterten. Sie eilten an ihr vorbei, ohne sie weiter zu beachten. Der Rüde rannte los, viel Kraft hatte er nicht mehr. Die Schweißhunde hetzten ihn und zwangen ihn zu einem Richtungswechsel. Kaum verließ er die Deckung, fiel hoch über dem Fluss ein Schuss. Auf einmal gaben seine Beine nach. Er stürzte und rollte ins Wasser, in die Strömung.

Die Hündin duckte sich panisch. Der Schuss verhallte und sie schaute hangaufwärts, hörte einen Pfiff, woraufhin die Schweißhunde zu ihrem Herrchen zurückkehrten. Sie waren genauso schnell verschwunden, wie sie gekommen waren. Sie regte sich nicht: Sie war ein leichtes Ziel, ihr war, als würde sie sich ihnen regelrecht anbieten. Doch der zweite Schuss blieb aus.

Als sie sich endlich wieder rühren konnte, ging sie hinunter zum Wasser, näherte sich dem rücklings im Fluss liegenden Rüden. Sie stupste ihn mit der Schnauze an, beschnüffelte Hals und Brust. Sie fand das Einschussloch, das vom Wasser immer wieder weggespülte Blut. Sie beschnüffelte die Ohren, das Maul, nahm diesen guten, vertrauten Duft wahr, der bereits schwächer wurde. In nur wenigen Tagen hatte sie zehn tote Artgenossen gesehen, dabei war sie eine Woche zuvor noch ein Junghund gewesen. Inzwischen hatte sie den Tod kennengelernt und wusste, dass ihr Liebhaber Geschichte war, dass das dort im Fluss nichts als Fleisch und Knochen waren – genau wie bei den anderen. Sie schaute sich um, unschlüssig, welche Richtung sie einschlagen sollte, und lief mit angelegten Ohren stromabwärts – dorthin, wo sie hergekommen waren.

Forstpolizist

VON IHREM BETT aus sahen sie am Nachmittag das Tankstellenschild: ein künstlicher Mond, der über dem Tal aufflammte, kaum dass es dunkel wurde. Elisabetta hatte sich auf die Seite gedreht und betrachtete die Zweige der Bäume, die sich von diesem Neongelb abhoben, während Luigi hinter ihr lag und sie streichelte. Die Konturen der Schulter, das Schlüsselbein, den Busen. Ihr Busen veränderte sich. Er wurde von Woche zu Woche voller, und er hatte den Eindruck, dass die Brustwarze fester geworden war. Er liebkoste sie unter der Decke.

»Meinst du, sie kriegt das mit, wenn wir streiten?«, fragte er.

»Klar kriegt sie das mit«, erwiderte Elisabetta.

»Was kriegt sie mit?«

»Sie kriegt alles über mich mit. Sie kriegt mit, dass es mir nicht gut geht.«

»Und wenn wir Sex haben?«

»Na klar, das auch.«

»Sie freut sich also, wenn wir Sex haben?«

»Nein, dann ist sie eifersüchtig.«

»Eifersüchtig auf den eigenen Vater!«

Luigi folgte ihren Rippen bis zum Bauch, der kaum merklich wuchs. Der Narbe über dem Bauchnabel, der leichten Behaarung. Ihm war, als würde er diesen Körper besser kennen als seinen eigenen.

»Sind nicht alle Mädchen in ihren Vater verknallt?«, fragte er.

»Das passiert erst später, aber nur wenn …«

»Wenn?«

»Wenn sich der Vater benimmt.«

»Verstehe.«

»Es ist schon dunkel, wie spät ist es eigentlich?«

»Zeit aufzubrechen.«

Widerwillig löste sich Luigi von seiner Frau und drehte sich zur anderen Betthälfte. Er schaute auf die Uhr: viertel vor drei. Er schlug die Decke zurück und setzte sich auf, sammelte seine Unterhose und seine Socken ein. Er stand da, nackt im gelblichen Licht, mit blassem Oberkörper und sonnenverbranntem Hals.

Er ging ins Bad, drehte den Wasserhahn auf, nahm einen Schluck und schmeckte das Chlor, das zur Desinfektion beigemischt wurde. Auch so etwas, woran er sich einfach nicht gewöhnen konnte. Als er in Unterwäsche zurückkam, hatte Elisabetta ihre Position verändert. Sie saß, das Kissen im Rücken, während ihr das rote Haar auf die Schultern fiel. Er öffnete den Schrank mit den Uniformen.

»Oh je, jetzt rausgehen, bei der Kälte«, sagte sie.

»Ob oh je oder nicht …«

»Soll ich mit dem Abendessen auf dich warten?«

»Eher nicht. Ich bin nachher noch mit meinem Bruder verabredet.«

Er zog den Pulli und die graugrüne Hose an, schlüpfte in die Jacke, nahm das Koppel und schloss es im üblichen Loch. Es war schwarz, rechts das Pistolenhalfter. Auf dem Jackentaschenabzeichen stand: FORSTPOLIZEI.

»Wie wär's, wenn er im Hotel übernachtet? Wir zahlen das, in der Nebensaison kostet es bestimmt nicht die Welt.«

»Mein Bruder soll ins Hotel gehen?«

»Tut mir leid, aber ich will deinen Bruder nicht im Haus haben.«

»Ich weiß, ich weiß.«

Forstpolizist Luigi Balma beugte sich vor, um sich von seiner Frau zu verabschieden. Jetzt war sie es, die ihn liebkoste, sich wünschte, er könnte noch ein wenig bleiben. Sie zupfte ihm den Kragen zurecht und eine Fluse von der Schulter.

»Wird es heute spät?«

»Nein.«

»Versprich mir, nicht zu viel zu trinken.«

»Wie soll ich das versprechen? Ich bemüh mich.«

Er küsste sie. Ihr Kuss dauerte länger. Dann huschte sein Schatten über die Bettdecke.

Beim Revier stieg er in den Landrover, stellte den Sitz richtig ein, kurbelte das Fenster herunter und ließ kalte Luft ins Fahrzeug. Heute war er allein unterwegs, aber Luigi fuhr gern allein: So brauchte er sich kein blödes Gequatsche anzuhören und konnte rauchen. Er steckte sich eine Zigarette an und nahm die Landstraße. Es war ein ganz normaler Mittwoch und in den Dörfern kamen ihm kaum Autos entgegen, hier gab es mehr Bars als Einwohner, schon um vier Uhr nachmittags wurden die Ellbogen auf den Tresen gestützt. Als er die Sesia überquerte, war sie nur eine dunkle Furche.

Nach der Brücke wurden die Talflanken steiler. Der Herbst hatte inzwischen jede Farbe verloren, und auf den Böden der Buchen-, Kastanien-, Eichenwälder türmte sich trockenes Laub. Er ließ den Blick von den Waldskeletten nach oben schweifen und betrachtete die rot schimmernden Gebirgskämme der Dreitausender. Ein schöner Sonnenuntergang, auch wenn ihn im Tal niemand bemerken würde. Wegen der Inversionswetterlage blieb der Rauch aus den Kaminen zwischen den Zweckbauten hängen, die Nässe sorgte für Glätte auf dem Asphalt und ließ die Windschutzscheibe beschlagen, während sich weiter oben in der Sonne die Steinbrüche erwärmten.

Er bog nach links ab und nahm eine Schotterstraße, die zum Fluss führte. Zweihundert Meter Schlamm und Pfützen. Er passierte das Eingangstor, hörte das Kreischen der Bandsäge und hielt in einem Hof, wo unter Vordächern Holz lagerte. Er verließ den Geländewagen und wartete, dass jemand kam. Während er zwischen den Holzstapeln herumlief, witterte er einen verlockenden Duft: Er suchte nach dem Holz, das ihn verströmte, und ertappte sich dabei, zärtlich darüber zu streichen. Der Harz war noch frisch.

»Das wurde aber auch Zeit«, sagte eine Stimme.

Luigi drehte sich um. Ein Mann um die fünfzig im Arbeitsoverall. Er näherte sich mit den schweren Schritten eines Mannes, der hier das Sagen hatte.

»Ich hab schon vor einer Ewigkeit angerufen.«

»Und jetzt bin ich hier«, sagte Luigi.

»Sonst niemand?«

»Sie wissen ja, wie das so ist in der Jagdsaison.«

Der Kerl starrte auf das Dienstgradabzeichen an seiner Jackentasche. Vielleicht konnte er es entziffern, vielleicht auch nicht. Man hatte ihm gerade mal den Rangniedrigsten geschickt.

»Was für eine schöne Zirbelkiefer«, sagte Luigi. »Woher stammt die?«

»Aus Österreich. Das ganze Zeug hier kommt aus Österreich.«

»Aber aus Höhenlagen. Enge Jahresringe.«

»Nicht, dass ich wüsste.«

»Eine sonnige Höhenlage.«

»Wollen Sie den Lieferschein sehen?«

»Nein, nein. Zeigen Sie mir den Hund.«

Der Mann führte ihn durch die Halle, wo sich die Sägemaschinen weiterdrehten. Das Harz der Zirbelkiefer haftete ihm noch an den Fingern, und während er über einen Teppich aus Sägespänen lief, schnupperte er daran. Zwei Arbeiter sahen ihm nach: Handschuhe, Kopfhörer, Brille, so als schaute der Arbeitsschutzinspektor vorbei. Seinetwegen hätten sie sich die Maskerade sparen können.

Sie nahmen den Hinterausgang, und dort lag zwischen Holzresten in einer dunklen Lache ein Hund. Allem Anschein nach ein belgischer Schäferhund. Ein Rüde, rotbraun und schwarz. Das Dunkle, das ihn umgab, war das Blut, das aus seiner Kehle geflossen war.

»Wann haben Sie ihn gefunden?«, fragte Luigi.

»Heute morgen beim Aufsperren.«

»Sie haben ihn nachts hiergelassen?«

»Na klar, als Wachhund. Deshalb hatte ich ihn ja.«

»Was wird denn hier geklaut?«

»Alles Mögliche, auch Holz.«

»Und, ist heute Nacht was geklaut worden?«

»Sieht nicht so aus, nein.«

Luigi beugte sich vor und griff nach der Schnauze des Hundes. Er war noch jung gewesen, hatte schöne weiße Zähne. Ein altes Lederhalsband, das schon seinen Vorgängern gehört hatte. Die Kehle war blutverkrustet. Im dichten Fell tastete er nach der Wunde.

»Der wurde mir abgestochen oder?«, sagte der Kerl.

»Kann sein.«

»Ich weiß schon, wer mir den abgestochen hat.«

Nein, das war keine Wunde von einem Messer, hier klafften Löcher von Zähnen, die wilder gewesen waren als seine. Luigi suchte Schultern und Brust des Hundes nach weiteren Bisswunden ab, fand aber keine. Es hatte keinen richtigen Kampf gegeben. Stattdessen entdeckte er zwei gebrochene Rippen, die Erhebungen, wo sie schlecht zusammengewachsen waren. Und eine fingerdicke Zecke unter einer Achsel. Er schaute sich um und zeigte auf die Kette, auf die schmutzigen Plastiknäpfe, die Exkremente im Sägemehl.

»Ein Wachhund, ja? Haben Sie ihn ausgebildet?«

»Natürlich.«

»Mit Schlägen und Tritten?«

Er musterte den Mann, schaute ihm das erste und letzte Mal in die kleinen trüben Augen mit dem feindseligen Blick. Mehr brauchte er gar nicht zu sehen. Er richtete sich auf, kontrollierte die Hand. Das Blut des Hundes hatte sie leicht befleckt.

»Und da hinten ist der Fluss?«, fragte er.

Ein Zaun begrenzte den Hof, ein völlig verbeulter Maschendrahtzaun. Dahinter Walddickicht voller Brombeeren und Kletterpflanzen.

»Richtig geraten«, sagte der Kerl.

Luigi wischte sich die Hand an einem Lappen ab und füllte das Formular auf der Bandsäge-Werkbank aus. Was auch immer der Mann zu wissen glaubte – letztlich erstattete er Anzeige gegen unbekannt. Dann half ihm einer der Arbeiter, den Hund in eine Plane zu wickeln und auf den Landrover zu verladen.

Mit seinem Bruder traf er sich noch am selben Abend in einer Kneipe in Borgosesia, in der Nähe des Busbahnhofs. Sieben Jahre hatten sie sich nicht mehr gesehen: Er wirkte drahtiger auf ihn, die Haare waren länger, dazu ein Schnauzbart. Aber abgesehen davon sah er gut aus, hatte schon immer gut ausgesehen. Nach wie vor dasselbe freche, ein wenig nikotingelbe Grinsen. Luigi war dermaßen an die Uniform gewöhnt, dass sie ihm gar nicht mehr bewusst war.

»Schau mal einer an!«, sagte Alfredo.

»Was gibt's denn da zu schauen?«

»Ich habe einen Bruder bei der Polizei.«

»Hallo, Fredo.«

»Los, komm her. Markier hier nicht den Bullen.«

Sein Bruder legte ihm den Arm um die Schultern, doch er blieb stocksteif. Beim letzten Mal hatte Alfredo gerade anderthalb Jahre Knast abgesessen. Für einen Tapetenwechsel war er nach Kanada gegangen, wo Holzfäller gesucht wurden. Und ja, er sah jetzt wirklich wie ein kanadischer Holzfäller aus. Der letzte lebende Verwandte, den er noch hatte.

»Hoho, die Gebrüder Balma höchstpersönlich«, sagte der Wirt. »Soll ich die Ordnungskräfte rufen?«

»Die Ordnungskräfte sind längst da«, meinte Alfredo.

»Was kann ich euch bringen?«

»Lust auf eine lokale Spezialität?«

»Klar«, meinte Luigi.

»Zwei Helle und zwei Canadian Club, falls du welchen da hast.«

»Ich habe Canadian Club. Mit Eis?«

»Nein, nein, von Eis hab ich erst mal die Nase voll.«

Er trank jetzt also Whisky und Bier: Früher hatte er eine ganze Flasche Kräuterbitter an einem Abend geschafft. Er lallte bereits leicht, und Luigi befürchtete, dass Alfredo schon am Nachmittag das Trinken angefangen hatte. Da er nicht zu Abend gegessen hatte, knallte der erste Schluck Whisky so richtig rein. Er brannte in der Kehle, deshalb also das Bier, um das Brennen zu lindern und anschließend wieder zum Canadian Club zu greifen.

Alfredo begann von seiner Arbeit am anderen Ende der Welt zu erzählen. Seit Neuestem fälle er keine Bäume mehr, sondern transportiere sie mit dem Lkw – ein Karrieresprung. Bis runter nach Vancouver – das sei wirklich mal eine Großstadt! Er sprach von der Küste und meinte die Pazifikküste. Er fahre von den Wäldern der Rocky Mountains bis zu den Industriehäfen, wo die Baumstämme auf Schiffe verladen würden, häufig gingen sie nach China.

»China?«, fragte Luigi.

»Die kaufen einfach alles.«

»Gibt es in China etwa keine Bäume?«

»Keine Ahnung. Du müsstest mal die Schiffe sehen!«

Luigi war eher der Auffassung, dass man sich im Leben nicht mehr groß ändert, aber sieben Jahre waren keine Kleinigkeit. Vielleicht konnte man sich ja doch ein wenig ändern, in sieben Jahren, fernab der Heimat? Er nahm einen Schluck Whisky und einen Schluck Bier, so langsam bekam er den Bogen raus, während Alfredo die Maschinen beschrieb, mit denen er ganze Berghänge entwaldete. Von wegen Motorsäge! Sie mähten die Wälder nieder wie Getreide. Dann die Straßen in British Columbia, wo es bloß alle hundert Kilometer eine Tankstelle gebe, sonst nichts als Seen und Flüsse. Schau ihn dir nur an, sagte sich Luigi: Mit zwölf hatte er Ziegen in Fontana Fredda gehütet, mit siebenundzwanzig war er wegen schwerer Körperverletzung ins Gefängnis gekommen und jetzt, mit fünfunddreißig, fuhr er Lkws die kanadische Küste rauf und runter. Er stellte eine gute Laune zur Schau, die in einer Talkneipe im November genauso hervorstach wie ein Hawaiihemd. Luigi verspürte so etwas wie Zuneigung für ihn, auch wenn er nicht wusste, ob er sich geändert hatte.

»Und du?«, sagte Alfredo. »Hast du nicht mit Holz gearbeitet?«

»Ich hab's versucht.«

»Und dann?«

»Tja, dann … Nach Abzug der Raten für das Haus und nach Steuern hab ich mich gefühlt wie ausgeraubt.«

»Und dann bist du selbst unter die Räuber gegangen.«

»Ach komm, hör auf.«

»Sollte ein Scherz sein.«

»Ich find's auch nicht toll. Aber das Gehalt stimmt.«

»Allerdings. Was hast du da für eine Waffe?«

»Eine Beretta 92.«

»Ich hab auch eine im Lkw. Eine Glock, wegen der Bären.«

»Will ich gar nicht wissen.«

»Und wie läuft's mit deiner Frau? Alles okay?«

»Ja, alles okay.«

»Na dann.«

Neue Gäste betraten die Bar, und Luigi merkte, dass sie zu ihnen hinüberschauten. Er sah, was sie sahen: einen Forstpolizisten in Uniform und einen langhaarigen Kerl, dazu vier leere Gläser auf dem Tresen. Während der Wirt die zweite Runde ausschenkte, meinte er zu Alfredo, er gehe kurz zum Auto, Zigaretten holen.

Auf der anderen Straßenseite gab es eine Telefonzelle. Er ging hinein, suchte nach Kleingeld und rief zu Hause an. Elisabetta ging nicht dran. Eine Minute lang ließ Luigi es durchläuten. Er wusste, warum sie nicht dranging. Jetzt musste er eine Übernachtungsgelegenheit für seinen Bruder finden. Aber es war noch früh, noch nicht mal neun. Er ging zum Auto – nicht zu dem Landrover, seinem Dienstfahrzeug, sondern zu seinem alten Suzuki. Er legte Uniformjacke und Koppel ab, schlüpfte in die Jagdjacke, die er immer auf dem Rücksitz liegen hatte, und versteckte die Pistole im Handschuhfach. Vor dem Aussteigen warf er einen kurzen Blick in den Rückspiegel, rieb sich die Augen im grellen Licht des Fahrzeuginneren. »Versprich mir, nicht zu viel zu trinken«, hatte sie gesagt, seine Hand genommen und auf ihre Brust gelegt. Er stellte sich vor, wie es klingelte, wie sie in der Küche saß und es klingeln ließ.

Er kehrte in die Kneipe zurück, wo Alfredo mit zwei Neuankömmlingen stritt. Bei Luigi läuteten sofort die Alarmglocken: sein Bruder allein am Tresen, die beiden am Tisch. Doch dann merkte er, dass die beiden stritten, Fredo gab bloß seinen Senf dazu. Vertraute Gesichter, ohne dass er die Namen dazu gewusst hätte.

»Frag ihn doch, wenn du's nicht glaubst!«, meinte einer der beiden.

Daraufhin der andere: »Jetzt hör schon auf.«

Luigi wandte sich seinem frischen Bier zu, dessen Schaum überlief. Alfredo schien das Gespräch zu amüsieren. Er half ihnen aus der Verlegenheit, indem er sagte: »Was ist denn das für eine Geschichte? Hier läuft ein Wolf rum, der Hunde umbringt?«

»Wer sagt denn, dass es ein Wolf ist?«, erwiderte Luigi.

»Halb Hund, halb Wolf«, sagte einer der beiden.

»Kneipentratsch.«

»Was soll das sonst sein?«

»Ein Puma.«

Alfredo lachte laut auf. Luigi nahm den Hocker und setzte sich zwischen ihn und die anderen beiden. Ein uralter Reflex.

»Na gut, Boss, wenn du zu Scherzen aufgelegt bist …«

»Bestimmt ein Hund, der dazu abgerichtet wurde.«

»Ein Kampfhund?«, meinte der andere.

»Das hast du gesagt.«

»In der Valsesia?«

»Das wäre wirklich mal was Neues.«

Diesmal nahm Luigi einen ordentlichen Schluck Whisky. Jetzt brannte er ihm nicht mehr in der Kehle. Er suchte nach seinen Zigaretten und kehrte den beiden den Rücken zu. Nach einer Weile gaben sie Ruhe.

»Und wie bringt er sie um?«, flüsterte Alfredo.

Luigi fuhr sich mit dem Daumen über die Kehle.

»Streuner?«

»Nein, nein, das heute war ein Wachhund.«

»Sieh mal einer an!«

»Ein ziemliches Vieh. Schäferhunde, Wachhunde.«

»Hunde mit Herrchen.«

»Wenn du das so sehen willst.«

»Er sieht es so.«

»Wer, er?«

Alfredo setzte sein schiefes Grinsen auf. Er trug eine Jeansweste und ein dickes Hemd, das er aufknöpfte. Er beugte sich zu seinem Bruder, als wollte er ihm ein Geheimnis anvertrauen, und krempelte den Ärmel bis zur linken Schulter hoch: Er hatte sich einen Wolfskopf auf den Arm tätowieren lassen. Beeindruckende Muskeln, wie Luigi bemerkte. Vielleicht stemmte er ja

Gewichte, oder er hatte sie vom Holzfällen. Die Wolfsschnauze bedeckte den Bizeps, die Augen starrten einen vom Delta-Muskel aus an, die Ohren endeten unter dem Unterhemd. Keiner von diesen struppigen Wölfen, die durch die Alpen streiften, ausgemergelt und verstohlen wie Diebe. Der Wolf, der ihn vom Arm seines Bruders anstarrte, war ein Wolf aus dem hohen Norden, mit dichtem Fell und stolzem Blick.

»Sieh mal einer an«, meinte Luigi. »Gute Arbeit.«

»Weißt du, wer mir den gestochen hat?«

»Wer denn?«

»Eine Indianerin.«

»In Kanada gibt es Indianer?«

»Noch ein paar wenige.«

»Der hier hat also was gegen Hunde mit Herrchen?«

Alfredo ließ den Arm unter dem Ärmel verschwinden. Die Hemdknöpfe blieben offen. Dann änderte er seine Sitzposition, strich zärtlich über das Bierglas und sagte schelmisch: »Wollen wir wetten?«

»Was denn?«

»Ich sage, es ist ein Wolf.«

Das wird sich noch lange hinziehen, dachte Luigi. Der Verwesungsgestank des toten Hundes, der ihm am Nachmittag den Landrover verpestet hatte, stieg ihm wieder in die Nase. Er setzte das Whiskyglas an die Lippen, aber es war bereits leer.

Auf einem durchgelegenen Sofa wachte er in eine Decke gehüllt auf, und das Erste, was er roch, war der Kaminofen. Ein Duft aus seiner Kindheit. Er erkannte den alten

Kühlschrank, die Spüle, das Fenster zum Wald. Er setzte sich auf, und alles drehte sich wie ein Schiff auf hoher See. Das war eindeutig das Haus seines Vaters. Fontana Fredda. Ihm fiel wieder ein, dass ihm irgendwann nachts im Alkoholrausch, die rettende Idee gekommen war. Auf dem Herdofen stand die Espressokanne, und auf dem Holzboden waren die Hinterlassenschaften einer Maus zu sehen. Alles unverändert. Die Decke roch verschimmelt, und diese Maus hatte ein Loch hineingenagt, da sie nichts anderes zu fressen gefunden hatte. Was für eine Scheißidee!, dachte er, den Geschmack von Aschenbecher und abgestandenem Bier im Mund. Er schleppte sich ins Bad, um wieder einigermaßen klar zu werden.

Draußen lag Raureif auf den Novemberweiden. Nur ein Fingerbreit Schnee im Schatten der Trockenmauern und auf dem Grund der Bewässerungskanäle. Die Wolken liebkosten die Wälder und zerfransten zwischen den Bäumen. Mehr Himmel als Erde umgab dieses Haus.

Luigi atmete tief ein. Er nahm einen Schluck von dem Kaffee seines Vaters: Nach einem Jahr in der Dose schmeckte er immer noch nach was. Er sah den geparkten Suzuki und Alfredo, der auf der Bank saß und sich an die Hausmauer lehnte. Anscheinend hatte er sich gar nicht erst hingelegt. In eine Decke gehüllt, saß er da und rauchte, betrachtete die beiden Bäume neben dem Haus. Eine Lärche und eine Fichte, siebenunddreißig beziehungsweise fünfunddreißig Jahre alt: Ihr alter Herr hatte sie jeweils zu ihrer Geburt gepflanzt. Auf tausendachthundert Metern Höhe waren sie nur langsam gewachsen und überragten jetzt kaum das Dach.

Luigi ging auf ihn zu, setzte sich aber nicht. Zu viel Nähe in dieser Nacht.

Alfredo hustete. Er spuckte einen Schleimbatzen aus und sagte: »Deine Frau will mich wohl nicht bei euch zu Hause haben?«

»Da liegst du falsch.«

»Klar, ich lieg ja immer falsch.«

»Sie ist schwanger.«

»Hast du mir bereits erzählt.«

Er erinnerte sich nicht daran, ihm das erzählt zu haben. Ab der zweiten Kneipe hatte er einen Filmriss. Egal, sollte Alfredo doch glauben, was er wollte. Er nahm einen Schluck Kaffee und betrachtete die Lärche: Sie hatte seit Kurzem ihre Nadeln verloren, die verstreut auf dem Boden lagen: kupferrot. Sie war gerade gewachsen und hatte sich ihrer untersten Zweige entledigt, um nach oben, zum Licht zu streben. Die Fichte hingegen war dicht mit dunklen Nadeln besetzt, ihr Stamm vom Geäst verborgen. Bestimmt hatte sich der alte Herr gut überlegt, in welchem Abstand er sie pflanzen sollte: Inzwischen berührten sich die Zweige der beiden Bäume, schon bald würden sie sich miteinander verflechten.

»Der Notartermin ist morgen in Varallo«, sagte Luigi.

»Howgh«, erwiderte Alfredo.

»Vielleicht miete ich dir dort heute Abend ein Zimmer.«

»Damit ich nicht abhaue.«

»Ganz genau.«

»Aber vorher verrätst du mir noch was.«

»Na klar.«

»Was willst du mit dieser Bruchbude?«

Luigi schaute zum Haus hinüber. Das Dachgeschoss war aus Lochziegeln gemauert und unverputzt geblieben. Die Dachrinnen hingen durch, das Dach selbst war notdürftig mit Wellblech geflickt. Das war schon so, seit er denken konnte.

»Betta und ich ziehen hierher«, sagte er.

»Nach Fontana Fredda?«

»Jetzt, wo die Kleine kommt, brauchen wir mehr Platz. Außerdem will sie nicht mehr unten leben.«

»Hier aber schon?«

»Schau dir diesen Himmel an. Ist es hier nicht tausendmal besser als da unten im Dunkeln?«

Das Tal zu ihren Füßen war noch vollständig in Dunkelheit gehüllt. Die Gebirgskämme in der Ferne waren schneebedeckt, und in den Schluchten hingen zerfranste Wolken. Dazu der Duft von Feuer, Stall und getrocknetem Heu.

»Du spinnst«, sagte Alfredo.

»Kann sein.«

»Du bekommst also ein Mädchen?«

»Betta ist sich da ganz sicher.«

»Wenn sie es sagt.«

Luigi wollte die Tasse wegstellen, von den drei Stufen, die er dafür nehmen musste, wurde ihm erneut übel. Doch er musste dringend wach werden, denn bald hatte er wieder Dienst. Er suchte in den Taschen seiner Jagdjacke und fand den Geldbeutel, eine zerdrückte Zigarettenpackung, ein paar Münzen und die Hausschlüssel, aber nicht den für den Suzuki. Er schaute auf und unter dem Sofa nach, um dann beschämt zu seinem Bruder zu gehen.

»Die Autoschlüssel?«

»Die stecken.«

»Ach so ja, stimmt. Fährst du mit?«

»Nein. Ich bleib noch ein bisschen hier oben.«

»Bist du sicher?«

»Das ist schließlich auch mein Haus oder? Zumindest heute noch.«

Und wieder war er spontan gerührt angesichts von Fredo. Gut möglich, dass der nur deshalb die Bank nicht verließ, weil er sich nicht mehr auf den Beinen halten konnte, aber er musste unbedingt den harten Kerl markieren.

»Wenn du was mitnehmen willst – gern«, sagte Luigi.

»Zum Beispiel?«

»Keine Ahnung, was zur Erinnerung oder so.«

»Ich würde dieses Haus am liebsten abfackeln.«

»Na ja, bitte vielleicht nicht ausgerechnet heute.«

Er stieg in den Wagen. Die Schlüssel steckten, und er wollte lieber nicht daran denken, wer von ihnen hier heraufgefahren war. Er ließ den Motor an und machte die Heizung an. Er schaute in den Rückspiegel, um sich zu vergewissern, dass sein Bruder nichts davon mitbekam, und beugte sich dann vor, um das Handschuhfach zu öffnen. Von dieser Bewegung wurde ihm fast schlecht, aber die Pistole lag noch an Ort und Stelle.

Als er das Revier fast erreicht hatte, hörte er einen Hubschrauber, spähte durch die Windschutzscheibe nach oben und sah, wie dieser das Tal überflog. An einer Seilwinde hing etwas, was aussah wie ein Tier. An einer Ampel bog er ab, fuhr auf einen Parkplatz und sah den Vizeinspektor, den Kopf in den Nacken gelegt, neben dem schlammbespritzten Pick-up einiger Jäger. Der Hubschrauber befand sich im Sinkflug. Luigi sah, wie er sich vom Himmel abhob: das funkelnde Cockpit, das gespannte Stahlseil und ein großer an den Hinterbeinen befestigter Hirsch, dessen Vorderbeine starr nach unten zeigten, das schaukelnde Geweih. Als der Hubschrauber zwanzig Meter über dem Boden schwebte, fegte der Wind von den Rotorblättern das trockene Laub vom Parkplatz. Der Vize gab dem Piloten Zeichen, um ihm dabei zu helfen, das Tier auf der Ladefläche des Pick-up abzulegen, und während der Hirsch runterkam, sah Luigi, dass er bereits ausgenommen worden war. Der Bauch war bis zum Brustbein aufgeschlitzt. Die Jäger betteten seinen Kopf in eine Ecke der Ladefläche, das Geweih ragte darüber hinaus. Sie lösten die Seilwinde, worauf das Tier erschlafft zum Liegen kam. Gleich darauf war der Hubschrauber nur noch ein ferner Punkt am Himmel.

Nun konnten sie sich entspannen und feiern. Der Glückspilz war der Jüngste der drei, das Gesicht über dem Tarnanzug so glatt wie das eines Kindes. Und derjenige, der ihm energisch auf die Schulter klopfte, dürfte sein Vater sein. Luigi betrachtete das Geweih des Tiers: die Enden, die vom Leben in den Wäldern ganz weiß und abgewetzt waren. Er zählte jeweils acht. Ein Hirsch auf dem Höhepunkt seines Lebens, der noch am Morgen wegen brünstiger Hirschkühe geröhrt hatte, ohne auch nur zu ahnen, dass man ihn ins Visier genommen hatte.

Nichts als Ärger heute: noch ein gemeuchelter Hund, außerdem waren die Ergebnisse der Flusswasseruntersuchung gekommen. Unmengen chemischer Lösungsmittel, die sogar Flusskiesel auflösen konnten, vergifteten die Sesia, bevor sie die Reisfelder bewässerte.

Im Büro registrierte der Vize die Beute. Einer der Jäger fragte: »Und, habt ihr den Hundekiller erwischt?«

»Noch nicht«, erwiderte Luigi.

»Und wie wollt ihr das anstellen?«

»Vielleicht wechselt er ja das Tal.«

»Wir sollten Suchmannschaften zusammenstellen. Den erwischen wir schon noch.«

»Mit dem Hubschrauber?«

»He, hast du gesehen, was für ein Riesenvieh das ist? Entweder so oder wir hätten es vor dem Abtransport noch zerlegen müssen.«

»Und wie viel hat euch der Spaß gekostet?«

»Gar nichts.«

»Gar nichts?«

»Ein Kunde war mir noch einen Gefallen schuldig.«

»Na, die ein oder andere Salami dürfte er verdient haben.«

Eine aufregende Unterhaltung, die jedoch vom Chefinspektor unterbrochen wurde. Von der Chefinspektor*in*, um genau zu sein, auch wenn sie nicht so genannt werden wollte. Sie war ihnen vor sechs Monaten geschickt worden, und die ironischen Bemerkungen, dass jetzt eine Frau ihre Vorgesetzte war, hatten sich nach einer Woche gelegt. Sie zeigte sich und sagte: »Balma, kannst du mal kurz kommen?«

Luigi fuhr sich mit der Zunge übers Zahnfleisch, das irgendwie körnig war. Er ging rüber, wo auf dem Schreibtisch der Chefin eine Karte im Maßstab von 1:25 000 ausgebreitet worden war. Ein Blick genügte, und er entdeckte Fontana Fredda: in die Karte vom Militärgeographischen Institut war ein neuer Lift eingezeichnet worden, mit dessen Bau im Frühling begonnen werden sollte. Mit eigenen Augen hatte er ihn jedoch noch nicht begutachten können. Es waren ein Sessellift, eine Tal- und eine Bergstation, ein Wirtschaftsweg und drei Skipisten vorgesehen. Davon war schon länger die Rede, oben bei der Regionalregierung. Integriertes Tourismuskonzept. Aber noch bestand es nur aus der gestrichelten Linie eines Vermessungstechnikers.

»Du bist doch von dort oder?«, sagte die Chefin.

»Ich bin dort geboren.«

»Und bist du hin und wieder dort?«

»Den einen oder anderen Sonntag.«

»Dann erklär mir bitte, was für Wälder es dort gibt.«

Die Chefin zeigte auf die Gebiete, durch die der Lift gehen sollte. Geplant hatten ihn die Vermessungstechniker, finanziert die Politiker, aber wenn es ums Abholzen des Waldes ging, kam man an der Forstpolizei nicht vorbei. Luigi hielt das Gesicht dicht an die Karte. Er kniff die Augen zusammen, was seiner Vorgesetzten nicht entging.

»Hier!« Sie reichte ihm ihre Lesebrille.

Luigi setzte sie auf. Er kam sich vor wie ein Idiot mit dieser Brille auf der Nase, konnte aber dafür die Höhenlinien erkennen. Links vom Sessellift legte er den Finger auf die Karte und sagte: »Das hier nennt sich Fontana-Fredda-Wald. Ein natürlicher Mischwald aus Fichten und Lärchen. Die ältesten Bäume dürften zweihundert Jahre alt sein. Hier ist alles in Privatbesitz.«

»Und die Besitzer?«

»Keine Ahnung. Zwanzig verschiedene Erben, die in Frankreich und Belgien leben. Außer man will einen Baum fällen, dann taucht immer jemand auf, der sagt: *Das hier gehört mir.*«

Dann zeigte er auf den Wald rechts vom Sessellift, wo die größte Skipiste verlief. Er fuhr die zwei großen Kurven zur Freude zukünftiger Skifahrer nach und sagte: »Das hier hingegen ist der Bosco Bruciato, der Verbrannte Wald. Dort hat es mal gebrannt, so Anfang des Jahrhunderts. Er gehört dem Konsortium, es wurden neue Lärchen angepflanzt, um einen Hutewald anzulegen, aber die letzten, die dort Vieh gehütet haben, dürfte ich als Kind gesehen haben.«

Die Chefinspektorin lächelte. Vermutlich stellte sie sich den Polizisten Balma als Kind vor.

»Und wer nennt ihn Verbrannter Wald?«

»Tja, vermutlich nur noch ich.«

»Wie viele Einwohner hat Fontana Fredda?«

»Sieben. Vorausgesetzt, heute ist niemand gestorben.«

»Nun, da oben dürfte sich bald so einiges ändern.«

»Hoffentlich.«

Der Alkohol machte ihn sentimental. Und auch diese Frau, mit der er sich instinktiv gut verstand. Er zeigte auf die Bergstation in der Nähe des Wildbachs und sagte:

»Dorthin hat mich mein Vater zum Fallenstellen mitgenommen.«

»Zum Fallenstellen?«

»Schlingfallen und Fangeisen.«

»Und was habt ihr so gefangen?«

»Füchse. Marder. Alles Mögliche.«

»War er ein Wilderer?«

»Wie alle anderen auch. Von einem Fell haben wir eine Woche gelebt.«

»Aber diese Fallen hast du nicht mehr, oder?«

»Nein, die hab ich entsorgt.«

»Dann tu ich mal so, als würde ich dir glauben. Und welches ist dein Haus?«

»Das hier«, sagte Luigi und legte den Zeigefinger auf einen winzigen Punkt inmitten der Viehweiden. Dort oben lag völlig isoliert das Haus seines Vaters. Nicht einmal in Fontana Fredda hatte er es geschafft, mit anderen zusammenzuleben. Deshalb hatte er es außerhalb gebaut, direkt am Rand der noch anzulegenden Piste.

Kurz vor eins schaute er in der Croce Bianca vorbei, als die Arbeiter schon beim Kaffee waren und noch der ein oder andere Lkw-Fahrer, angelockt von der handgeschriebenen Speisekarte an der Landstraße, reinkam. Ein festes Menü – Vorspeise, Hauptspeise, Beilage, Kaffee – für neuntausend Lire. Tageskarte: Polenta mit Rehgulasch, Tagliatelle mit Wildragout, Forelle in Alufolie mit Kartoffeln. Der Tisch am Fenster war noch frei, und er nahm Platz, obwohl er keinen Hunger hatte. Der wäre ihm sowieso vergangen, jetzt, wo er wusste, was in den Forellen drin war. Und auch die Rehe tranken ihr Wasser nicht auf dem Mars. Er nahm ein Stück Brot aus dem Korb, eher um etwas zu kauen zu haben, und beobachtete den schwachen Herbstverkehr vor der Trattoria. Er versuchte sich zu erinnern, was sie letzte Nacht gemacht hatten. Verschiedene Bars fielen ihm ein und der Wolf seines Bruders, der immer mal wieder hervorgeblitzt war, bis er sich schließlich bis aufs Unterhemd ausgezogen hatte. Worüber hatten sie geredet? Über den Tod des Alten natürlich. Darüber, wie er gestorben war, wie er ausgesehen und wie man ihn abgeholt hatte. Alfredo wusste nichts von der Skipiste, und Luigi hatte ihn bewusst nicht eingeweiht. Jetzt fragte er sich, ob er ihn übers Ohr haute. Nein, er haute ihn nicht übers Ohr. Fredo war nicht mal zur Beerdigung gekommen. Würde er ihn übers Ohr hauen wollen, hätte er ihn in Kanada gelassen und das Haus für sich behalten, statt ihm fünf Millionen für die Hälfte dieser Bruchbude anzubieten. Ein unverhoffter Geldsegen, den er sich bloß abholen musste. Luigi fühlte sich vielleicht nicht vollkommen aufrichtig, aber aufrichtiger ging es nicht.

Waldbrände: Ja, genau, darüber hatten sie irgendwann geredet. In Kanada waren sogar die Waldbrände riesig. In der Valsesia hingegen war alles klein. Er schaute einem Traktor nach, der von der Landstraße auf einen Feldweg einbog, das Durchfahrt-verboten-Schild war von Kugeln durchlöchert.

»Lebst du noch?«, sagte Elisabetta.

»Hallo«, sagte Luigi.

Sie war bei Weitem das Schönste an diesem Tag: sogar

in der Schürze mit »Campari Soda«-Aufdruck und dem Kellnerblock in der Hand. Er streckte die seine aus und streichelte kaum wahrnehmbar ihre Hüfte, weil er wusste, dass sie hier kein Getue wollte. Eine Zärtlichkeit, die von Elisabetta nicht erwidert wurde.

»Was kann ich dir bringen?«

»Wie sind die Kartoffeln zubereitet?«

»Ofenkartoffeln.«

»Dann die Kartoffeln.«

»Außerdem?«

»Ein Bier?«

»Aha. Frühstück für starke Männer.«

Sie notierte sich die Kartoffeln und räumte den anderen Platz ab. Er sah zu, wie sie zur Küche ging, um die Bestellung aufzugeben, dann zum Tresen, um ihm das Bier zu zapfen, und anschließend erneut in die Küche, um sein Gericht zu holen. Nach einer Nacht mit seinem Bruder konnte er kaum fassen, dass er so eine Frau hatte. Jedes Mal, wenn sie vorbeiging, zogen die Arbeiter sie mit den Blicken aus.

Elisabetta bediente ihn und setzte sich ihm gegenüber.

»Seh ich dich heute Abend?«, fragte sie.

Luigi zuckte mit den Schultern.

»Bis morgen muss ich mich um meinen Bruder kümmern. Du weißt ja, wie er ist.«

»Und wo hast du ihn jetzt gelassen?«

»In Fontana Fredda. Wenn er nicht schon zu Fuß ins Tal ist.«

»Habt ihr da oben geschlafen?«

»Geschlafen … na ja.«

»Denkst du denn kein bisschen an mich? Dass ich mir Sorgen machen könnte?«

Sie war unbewusst laut geworden, und die Leute schauten schon. Luigi blieb stumm, hielt ihr die Hand hin und öffnete sie flehend. Sie zögerte ein wenig, lenkte dann aber ein und gab ihm die ihre. Sie drückten sie jeweils, auf diese Weise gab er ihr zu verstehen, dass es ihm leidtat, und sie, dass sie ihm einfach nicht böse sein konnte.

»Hast du heute viel zu tun?«

»Normal. Tote Hunde einsammeln und Rastplatzkontrollen.«

Er spürte, wie sie den Druck verstärkte. Ihre Hand war ein wenig feucht – wie immer, wenn Elisabetta sich Sorgen machte.

»Ich hab sie übrigens gesehen.«

»Wen.«

»Die Hunde.«

»Welche Hunde?«

»Es ist nicht nur ein Hund. Sie sind zu zweit.«

»Und wo hast du sie gesehen?«

»Am Fluss.«

»Am Fluss?«

Luigi richtete sich auf. Er hielt ihre Hand und war ganz Ohr.

»Heute morgen bekam ich es mit der Angst, weil du nicht heimgekommen warst. Deshalb habe ich unseren Ort von damals aufgesucht. Dort geh ich immer hin, wenn ich mich beruhigen muss. Ich bin ins Wasser gewatet und hab irgendwann bemerkt, dass mich zwei Hunde beobachten.«

Luigi stellte sich vor, wie seine schwangere Frau in das eiskalte, verschmutzte Wasser der Sesia watete. Seit wann denn das? Doch er sprach lieber das andere Thema an, das war einfacher.

»Wie sahen sie denn aus, die zwei Hunde?«

»Einer war ein Weibchen. Kleiner als er und weiß. Der Rüde war groß und grau. Sie hatte ein Halsband, er nicht.«

»Könnte er ein Wolf sein?«

»Keine Ahnung.«

In der Küche läutete eine Glocke, und Elisabetta drehte sich um. »Ich komme!«, rief sie und ließ Luigis Hand los.

»Wie, keine Ahnung?«

»Entschuldige, aber woran erkennt man gleich wieder einen Wolf?«

»Den erkennst du, glaub mir.«

»Ist das wirklich ein so großer Unterschied?«

»Und ob.«

Sie überlegte, versuchte die Szene zu rekapitulieren, während Luigi nachdachte. Er sagte sich, dass Wölfe und Hunde nicht gemeinsam umherstreiften, das war noch nie so gewesen. Außerdem waren Wölfe nachts unterwegs und Hunde tagsüber. Außer inzwischen war alles auf den Kopf gestellt, so wie bei dem fliegenden Hirschen.

»Ich glaube, er ist ein Hund«, meinte sie.

»Besser so«, erwiderte er.

»Ich muss jetzt los.«

Elisabetta stand auf. Kurz strich sie ihm zärtlich über die Schulter. Luigi hatte eine ausgedörrte Kehle und wartete, bis er allein war, bevor er zum Glas griff. Dann trank er es auf einen Zug bis zur Hälfte aus. Das Bier landete direkt dort, wo es gebraucht wurde.

Sein Tal war klein – dennoch gab es nach wie vor Orte, wo er noch nie gewesen war. Nachdem er die Böschung hinuntergeklettert war, ließ er den Mann vorangehen und musterte die Landschaft mit den Pappeln und Birken, eine Senke, in der die Sesia zwischen den von der Strömung geformten Kiesbänken eine Schleife bildete. Jetzt, wo der Fluss nur wenig Wasser führte, verzweigte er sich, und es waren kleine Inseln und Strände entstanden. Noch vor zehn Jahren hätte er Elisabetta zum Baden mit hierhergenommen, aber für Bäder im Fluss gab es eine ganz bestimmte Phase im Leben – keine Ahnung, warum die irgendwann endete. Dann wurde es Zeit für Kinder, für den Kauf und die Renovierung eines Hauses, für eine gut bezahlte Arbeit. Hier und da lag gefrorener Schnee am Ufer, und während er dem Mann folgte, entdeckte er das Blut von jenem Tag.

Der Rottweiler hatte eine durchgebissene Kehle, genau wie die anderen Hunde. Aber im Gegensatz zu ihnen hatte er sich gewehrt, hatte gut erkennbare Wunden an Schultern und Schnauze. Auch das Maul war voller Blut, vielleicht sein eigenes, vielleicht aber auch nicht: Gut möglich, dass dieser Hund seinen Mörder gebissen hatte. Der Kampf hatte sich auf wenigen Quadratmetern in zerwühltem Schnee abgespielt. Er war kurz und brutal gewesen, während ringsum Birken standen und das Wasser rauschte.

Luigi griff nach dem durchgebissenen Halsband. Man brauchte ordentlich Kraft, um das Leder zu zertrennen.

»Haben Sie die Szene beobachtet?«, fragte er.

»Nein«, meinte der Typ. »Wir kamen zu spät.«

»Was sollte das eigentlich, dieser Spaziergang mit Ihrem Riesenhund?«

»Das erledigen, was Ihre Leute nicht erledigen.«

Der Mann hatte geweint, deshalb verkniff sich Luigi weitere Bemerkungen. Er ließ ihn bei seinem toten Hund zurück und folgte den Spuren des anderen, die sich im Schnee verloren. Er ging ein Stück flussaufwärts und las die Fährte: Es handelte sich um einen mittelgroßen Hund, keineswegs um ein Riesenvieh. Er blutete und hinkte. Sie mussten dem Rottweiler dankbar sein, der zwar draufgegangen war, ihnen die Arbeit aber erheblich erleichterte. Nach einigen hundert Metern gesellten sich kleinere Pfotenabdrücke zu den Spuren des Rüden, und Luigi musste sofort an Elisabettas Worte denken: das weiße Weibchen. Die Spuren der Hündin folgten denen des Rüden und dem Blut, das er verlor. Bis beides zum anderen Ufer führte und Luigi stehen blieb, um geradeaus zu spähen.

Der Fluss grub sich in den Berg, war ab hier schmaler und wilder. Die Ufer wurden steiler und boten weniger Fluchtmöglichkeiten. Für ein verletztes Tier war das beschwerlich. Ein guter Jäger dürfte keine Probleme damit haben, ihn hier zu erlegen.

Als er die Landstraße ins Tal nahm, sah er ein Motorrad ohne Kennzeichen vor einer Kneipe stehen. Sein Fuß trat automatisch auf die Bremse. Es war die weiß-rote Fantic, das Trial-Motorrad, mit dem sie als Jugendliche über die Felder gebrettert waren und das seit Jahren abgemeldet im Stall des Alten stand. Auch er hatte immer mal wieder versucht, den Vergaser zu reinigen und die Zündkerzen zu wechseln, war aber noch nie ein besonders guter Mechaniker gewesen. Fredo hingegen hatte es einfach drauf. Luigi hatte nicht die geringste Lust dazu, aber es blieb ihm nichts anderes übrig als rechts ranzufahren, auszusteigen, tief durchzuatmen und in diese Scheißkneipe zu gehen.

»Ah, der brave Bruder!«, sagt einer.

Und ein anderer: »Ich hab dir doch gesagt, dass der kommt.«

Er erkannte den Typen, den alle bloß Johnny nannten. Er saß am Tresen, die Ellbogen aufgestützt. Und neben ihm kein Geringerer als Piode-René. Alfredo war der letzte in der Reihe, vor sich ein Glas Baileys: Sein Bruder sah wirklich gut aus, so viel musste man ihm lassen. Um vier Uhr nachmittags war er zwar noch nicht im Unterhemd, lief aber dafür mit einer Axt im Gürtel herum.

»Du hast die Fantic wieder flottgekriegt«, sagte er zu ihm.

»Du hast doch selbst gesagt, dass ich mir was zur Erinnerung aussuchen darf.«

»Ja, aber du hast kein Kennzeichen.«

»Ist doch bloß bis morgen. Denn dann wird es Zeit für den Notartermin, stimmt's?«

Alfredo zwinkerte ihm zu, und die beiden Kumpane grinsten. Es wurde ein Witz gerissen, doch Luigi tat so, als würde er ihn nicht hören.

»Kommst du kurz mit raus, damit wir darüber reden können?«

»Gerne doch.«

Er führte ihn zum Lieferanteneingang, eine Tür mit Fliegenvorhang. Sie standen in einem ländlichen Hinterhof: An der Vorderseite des Lokals prangte das Schild *Irish Pub* samt Guinness-Logo, während sich hinten raus ein Hühnerstall, zwei Futtersäcke und eine alte Latrine befanden, die nach wie vor als Kneipenklo diente.

»Und?«, sagte Luigi. »Kannst du dich nicht mal ein paar Tage normal verhalten? Was willst du mit der Axt?«

»Ich häng einfach dran«, erwiderte Alfredo.

»So kannst du unmöglich rumlaufen. Das gibt bloß Probleme.«

»Hast du etwa geglaubt, das mit der Piste krieg ich nicht mit?«

»Welche Piste?«

»Du weißt genau, was ich meine.«

»Haben sie dir davon erzählt?«

»Der brave Bruder!«

Alfredo brach in schallendes Gelächter aus. Luigi merkte, dass er Herzrasen hatte. Er wäre wirklich ein wahnsinnig schlechter Pokerspieler, er konnte einfach nicht bluffen. Er suchte nach seinen Zigaretten, schlug mit der Packung gegen den Handrücken, und zwei kamen heraus.

Alfredo nahm eine und steckte sie sich zwischen die Lippen. Er genoss diesen Moment – die Genugtuung, dass sein Bruder ganz rot geworden war. Dann sagte er: »Weißt du, mir ist das total egal, du kannst das Haus behalten. Du hast es dir verdient. Ich finde nur blöd, dass du Scheiße erzählst.«

»Was hab ich denn erzählt?«

»Was hast du wirklich damit vor? Will du eine kleine Skihütte draus machen? Oder verkaufst du es gleich weiter?«

»Ich verkaufe es nicht. Betta und ich ziehen da ein.«

»Und dann?«

»Das weiß ich noch nicht.«

»Aber natürlich, ich seh sie förmlich vor mir: eine schöne Skihütte. Dann hast du ausgesorgt, du wirst schon sehen.«

Luigi gab ihm Feuer und schaute ihm ins Gesicht. Im Schein des Feuerzeugs glänzte Fredos Stirn und seine Pupillen waren geweitet. Wer weiß, seit wann er schon trank, ob er seit dem Vorabend oder dem davor überhaupt aufgehört hatte.

»Du hast deine alten Kumpel wiedergefunden«, sagte Luigi.

»Die, die noch nicht tot sind, ja.«

»Und, heute Abend schon was vor?«

»Machst du dir immer noch Sorgen? Beruhige dich! Ich komm schon zu deinem Notar.«

»Soll ich dich nicht in ein Hotel bringen?«

»Nein.«

Sie rauchten. Forstpolizist Balma fühlte sich mittlerweile vollkommen hilflos. Um vier Uhr nachmittags war sein Bruder seit zwei Tagen betrunken, und gerade brach eine weitere Novembernacht an. Ein Teil von ihm wünschte sich nichts sehnlicher als die Uniform auszuziehen und sich zu den dreien an den Tresen zu hocken.

»Weißt du, was ich mir stattdessen wünschen würde?«, sagte Alfredo.

»Was denn?«

»Eine echte Umarmung von meinem Bruder. Oder dass wir uns prügeln, du kannst es dir aussuchen. Hauptsache, echt.«

Mit alkoholvernebeltem Blick starrte Fredo ihn an. Benebelt, aber nicht aggressiv.

Der Blick eines Mannes, der aufrichtiger war als er. Zum Glück kam gerade ein Typ zum Pinkeln nach draußen, sodass Luigi wegschauen konnte.

An diesem Abend musste er auf eine echte Bullenstreife, mit dem Vizeinspektor auf dem Rastplatz der Mautstation Romagnano. Nicht schlecht für jemanden, der die ganze Nacht betrunken mit dem Auto unterwegs gewesen war. Doch dort, an der Autobahnausfahrt, hielten sie nicht nach Betrunkenen Ausschau, sondern nach Giftmüll, der den Fluss verseuchte: Vorausgesetzt, er fiel nicht vom Himmel – von irgendwoher musste er ja kommen.

Ein Lastwagen passierte die Mautstation. Er hatte Bauschutt geladen und wurde vom Vize rausgewinkt. Er bremste mit einem Zischen, schaltete runter und hielt hinter dem Landrover wie ein zahmer Dickhäuter. Er kam aus der Mailänder Provinz und wollte zum Abladeplatz. Von solchen Fahrzeugen hielten sie viele an: In der Stadt wurden Fabriken abgerissen und in den Tälern tonnenweise Schutt entsorgt. Während der Vize die Papiere kontrollierte, kletterte Luigi von der Pritschenwand auf die Ladefläche. Er schaltete die Taschenlampe ein, steckte sie sich in den Mund und richtete den Lichtstrahl auf die Ladung. Zement, Ziegel und Bauschutt, soweit er das beurteilen konnte, alles zu einem grauen Mischmasch zermalmt, zusammen mit über Jahrzehnte angereicherten Substanzen. Er zog Handschuhe an und befüllte drei Plastiktüten, die er anschließend beschriften und ins Labor schicken würde. Der Schutt hingegen landete in den Steinbrüchen des Tals, die nach ihrer Ausbeutung als Deponien genutzt wurden: Kies und Sand kehrten dorthin zurück, wo sie hergekommen waren, nur etwas vergifteter als zuvor, genau wie die arbeitslosen Arbeiter vor ihren Gläsern. Luigi sprang von der Ladefläche und verstaute die Proben. Dann ließen sie den armen Lkw-Fahrer weiterfahren, der todmüde war.

Um sieben krächzte das Funkgerät des Landrover, und der Vize antwortete. Es waren die Carabinieri von Alagna, die Unterstützung anforderten. Im Hochtal gab es einen Schwerverletzten, der mit einem zertrümmerten Schädel auf dem Boden einer Kneipe lag. Immerhin, noch war er am Leben. Er wurde gerade als Notfall ins Krankenhaus eingeliefert. Der Aggressor war ein unbekannter Mann um die vierzig, man hatte ihn mit einem Motorrad fliehen sehen.

»Wann ist er abgehauen?«, fragte der Vize.

»Etwa vor einer Viertelstunde«, kam es aus dem Funkgerät.

»Und das Kennzeichen?«

»Es gibt kein Kennzeichen. Es handelt sich um ein weiß-rotes Geländemotorrad.«

»Womit hat er angegriffen?«

»Mit einer Holzfälleraxt.«

Um Himmels willen!, dachte Luigi.

Er setzte sich ans Steuer, da gab es nichts zu diskutieren: Er verließ die Mautstation, schaltete das Blaulicht ein und nahm die Landstraße, die hier ganz eben verlief. Auf der Geraden beschleunigte er auf neunzig Stundenkilometer. Bis Alagna waren es sechzig, die er in- und auswendig kannte, und weniger als die Hälfte, um noch vor dem Motorrad in Varallo einzutreffen. Dort verzweigte sich die Straße in zu viele Richtungen, sodass man nicht wissen konnte, welche er genommen hatte. Aber ab Varallo gab es in ihre Richtung nur eine Straße, eine Sackgasse: mit einer einzigen Absperrung kontrollierte man das gesamte Tal.

»Eine Axt im Schädel«, sagte der Vize. »Das hat uns gerade noch gefehlt.«

»Das sagst du nur, weil du früher noch nicht hier warst.«

»Ach ja? Was ist das, eine Art Tradition?«

»So was Ähnliches.«

Weil Luigi so schnell fuhr, konnte er nur an das Nächstliegende denken, die Scheinwerfer aufblenden, einen Laster links überholen und wieder einscheren. Gucken, ob die anderen auch brav hielten und eine rote Ampel überfahren. Serravalle, Borgosesia, dann die Brücke über den Fluss. Und währenddessen: Bitte mach, dass er nicht stirbt. Bitte mach, dass er nicht stirbt. Versuchter Mord ist nicht gleich Mord. Wenn er die Axt nicht von oben auf ihn hatte niedergehen lassen, ging es vielleicht noch als Körperverletzung durch. Fredo wusste, wie man mit einer Axt umgeht. Hätte er den anderen umbringen wollen, hätte er ihn umgebracht.

Die Fantic kam ihnen mit ausgeschaltetem Scheinwerfer entgegen, die Glühlampe war schon seit Jahren kaputt. Auf dem dunklen Straßenabschnitt kurz vor Varallo schoss sie fast höhnisch an ihm vorbei. Kurz wurde das Gesicht seines Bruders in Licht getaucht: Gerade genug Zeit, um das Bild von der Netzhaut zum Gehirn zu schicken, und schon war er vorbeigefahren. Der Fuß trat auf die Bremse und die Hand riss das Lenkrad herum.

»Ist er das?«, fragte der Vize, sich an die Halteschlaufe klammernd. Luigi machte sich gar nicht erst die Mühe, ihm zu antworten. Er raste über die Wiese und lenkte nach links, schwenkte holpernd auf die Gegenspur ein. Es galt zwei-, dreihundert Meter Vorsprung einzuholen.

Und ob sie jetzt Brüder waren! Fredo vorneweg, tief über den Lenker gebeugt, das Haar im Fahrtwind flatternd, und Luigi, den Fuß auf dem Gaspedal, mit eingeschaltetem Blaulicht. Bergab durch ihr Tal, auf einer Straße, die sie mit geschlossenen Augen hätten fahren können. Du wolltest was Echtes? Da hast du was Echtes!

In den Kurven schlug sich die Fantic gut, aber jetzt, wo sich das Gelände einebnete, gewann der Landrover an Boden. Dieses Schrottmotorrad schaffte keine hundert Stundenkilometer. Jetzt wurde es von seinen Scheinwerferkegeln erfasst, er erkannte Alfredos Rücken, und als Alfredo auch das flackernde Blaulicht im Nacken spürte, beschloss er, seine Strategie zu ändern, und bog bei der nächsten Möglichkeit scharf rechts ab. Luigi folgte ihm auf einen Lkw-Rastplatz und dann auf eine Schotterstraße, die zwischen zwei Lagerhallen hindurchführte. Jenseits der Lagerhallen, inmitten der Felder, stießen sie in die Dunkelheit vor.

»Wie kann der im Dunkeln überhaupt irgendwas sehen?«, hörte Luigi den Vize fragen.

Der ist so besoffen, dass er auch im Dunkeln sehen kann, dachte er sich, behielt das aber lieber für sich.

Die Schotterstraße endete am Rand eines Gehölzes: Gestrüpp, das den Fluss säumte. Ein Pfad tat sich auf, den Alfredo befahren konnte. Luigi hingegen war gezwungen anzuhalten. Zu beiden Seiten nichts als Felder, vor ihm dieses Wäldchen. Ende Gelände.

»Mist!«, fluchte der Vize.

Aber im Grunde war das nur der Vorwand, auf den Luigi gewartet hatte, damit er ihn entkommen lassen konnte. Er schaltete das Fernlicht ein und konnte gerade noch erkennen, wie sein Bruder zwischen den Bäumen verschwand. Ciao, Fredo. Er dürfte ihn zum letzten Mal gesehen haben. Anschließend legte er den Rückwärtsgang ein, um wieder zum Revier zu fahren.

Auch in dieser Nacht saß er vor Bier und Whisky, als ihm die Brände wieder einfielen, von denen Alfredo erzählt hatte. Keine Ahnung, in welcher Kneipe im Tal, vielleicht auch im Auto, an einem Punkt jenseits des Rausches, wo einem alles glasklar vor Augen steht – in einer anderen Dimension. In der man auch im Dunkeln fahren kann. Und während sein Bruder erzählte, sah er alles ganz genau vor sich: den kanadischen Wald in Flammen, wie er den ganzen Herbst brannte, bis der Schnee kam und das Feuer zudeckte. Jede Menge Schnee, von November bis April. Sechs Monate Winter, dort oben im Norden. Dennoch schaffte es der ganze Schnee nicht, es zu löschen, wie Fredo ihm erzählt hatte. »Und weißt du auch, warum?« Weil der Brand so tief in den Boden eingedrungen war, dass dieser schwelte und der Torf, das Laub, das vermoderte Holz, zwei bis drei Meter unter dem Wald, unter der Asche weiter glühte. Ein schlummerndes Feuer. Luigi sah es pulsieren. Und in seinem Zustand spürte er, dass er der Wald war, das Feuer war in ihm, seine Ehe der Schnee. Er war Elisabettas weiße Haut und die Ruhe, die sie ihm schenkte. Anschließend erzählte ihm sein Bruder vom Tauwetter, das dort oben in Kanada erst Ende Mai einsetzte. Dann kam die Glut an die Oberfläche, schwarz, feucht, auf den ersten Blick erloschen. Doch sie war nicht erloschen. Bis eines Tages Frühlingswind aufkam. »Huuuu!«, machte Fredo, hauchte ihn an und setzte alles in Brand.

Überwintern

MEIN BRUDER IST zur Arbeit gegangen und hat mich in dem Haus zurückgelassen, in dem mein Vater vor einem Jahr Selbstmord beging. Damals war ich nicht hier, sondern in den Wäldern von British Columbia, um sechs Tage die Woche Bäume zu fällen. Eines Sonntags kehre ich in die Stadt zurück, und mein Bruder ruft an, er hat schon seit Längerem versucht mich zu erreichen: »Papa hat sich mit seinem Gewehr in den Kopf geschossen«, sagt er, mit seinem berühmten Kaliber zwölf, nachdem im Krankenhaus in irgendeinem lebenswichtigen Organ Krebs entdeckt worden war. In der Leber vermutlich, vielleicht auch in der Bauchspeicheldrüse – so genau weiß ich das nicht mehr. Ich habe es mir jedenfalls kurz vorgestellt. Ich habe mir vorgestellt, wie Papa zum Gewehr griff, nachlud und es sich dann unters Kinn hielt. »Wo ist es passiert?«, habe ich gefragt. »Auf der Wiese vor dem Haus«, sagte mein Bruder. »Hast du ihn gefunden?« – »Nein«, sagte er, »meine Frau. Gestern war die Beerdigung, ich versuch schon seit vier Tagen, dich zu erreichen.«

Letztes Jahr bin ich nicht gekommen, wozu auch, aber seitdem hat mich mein Bruder immer wieder angerufen, so als wäre ihm wieder eingefallen, dass er der große Bruder ist. »Wie geht's?«, fragte er jedes Mal. »Fantastisch«, erwiderte ich. Gefolgt von einem einminütigen Schweigen zwischen Valsesia und British Columbia – so ausgedehnt wie der Ozean, der uns trennte. Bis er endlich mit der Sprache rausrückte und mir vorschlug, mir meine Hälfte des Hauses abzukaufen, von dem ich nie gedacht hätte, dass es überhaupt irgendwas wert ist. Genau fünf Millionen, abzüglich der Kosten für das Flugticket, um noch einmal im Tal Urlaub zu machen und eine Unterschrift beim Notar zu leisten.

Hier im Garten stehen die zwei Bäume, die Papa jeweils zu unserer Geburt gepflanzt hat. Alle beide im Herbst, '57 und '59. Der Herbst scheint ein guter Zeitpunkt zum Kinderkriegen gewesen zu sein, erst recht um Bäume zu verpflanzen, denn dann beginnt die Wachstumsruhe, und sie nehmen es einem nicht so übel, wenn man sie aus dem Boden reißt. Danach schlafen sie auf ihre Art, haben also den ganzen Winter, um sich wieder zu erholen. Wenn Schnee fällt, umso besser: Dann liegen sie sozusagen unter einer Decke. Wenn Gott will, wachen sie im Frühling wieder auf und beginnen über die Wurzeln Nährstoffe aufzunehmen, neue Blätter auszutreiben, sich an den Ort zu gewöhnen, an dem sie nicht geboren wurden, aber jetzt leben müssen. Was ich nicht weiß, ja was ich meinen Vater nie gefragt habe, ist, warum er damals für meinen Bruder die Lärche und für mich die Fichte ausgesucht hat. Wir waren noch zu klein, als dass er unseren Charakter hätte beurteilen können, vielleicht war es nur so eine Intuition. Oder eine Art Segen, wer weiß das schon. Du Lärche, bist dazu bestimmt, in der Sonne zu wachsen, hoch aufzuschießen, robust und gleichzeitig zerbrechlich, dich im Wind zu wiegen. Und du Fichte, wirst stattdessen im Schatten wachsen, dafür stark und robust sein, auch im Winter von Nadeln geschützt und an die Kälte angepasst. Letzteres bin ich.

Mein Bruder hat sich das Gewehr mit Sicherheit längst geschnappt, deshalb suche ich in dieser Bruchbude nach was zu trinken. Unten im Keller gibt es keinen Tropfen mehr, bloß Kartoffeln, die gekeimt haben. Ich reiße den Schrank auf, den Kühlschrank, die Kommoden, bis ich in einem Topf eine halb volle Flasche Grappa finde. Vor wem hat Papa den versteckt? Ich wasche eine verstaubte Tasse in der Spüle aus, schenke mir Kaffee ein und gebe einen Schuss dazu, ohne Alkohol zu riechen – ganz so als wäre der Grappa nicht hochprozentig. Ich schnuppere an der Flasche und koste davon, es ist unverkennbar Grappa, doch der Alkohol scheint verflogen oder aber verdünnt worden zu sein. Ich gebe eine ordentliche Menge in den Kaffee. Der Kaffee wird so stark, wie ich ihn heute Vormittag brauche. Ich lege ein Scheit in den Ofen und frage mich, wer dieses Holz gehackt hat: Liegt es schon seit einem Jahr hier oder kommt mein Bruder in regelmäßigen Abständen her, um einzuheizen? Und die Kartoffeln? Ich stelle mir vor, wie Papa die Kartoffeln aus der Erde holt, kurz bevor er sich erschießt. Zeitlich würde es hinkommen.

Ich schaue hinaus, draußen auf dem Feld bringt die Sonne den Raureif zum Schmelzen. Auch die Erinnerungen schwinden. Jetzt, wo er nicht mehr da ist, habe ich so vieles vergessen und ihn nur noch als traurige Gestalt in Erinnerung. Papa wurde einfach immer trauriger, genau wie dieser Ort. In Kanada erkennt man die Häuser der Ureinwohner an den kaputten Autos im Vorgarten, am Wohnwagen, in dem sich jemand besäuft, dazu alte Felgen, zwei oder drei verwahrloste Kinder. Einst waren sie Wölfe, jetzt sind es streunende Hunde. Es gibt nichts, was man ihnen im Tausch für das, was sie verloren haben, anbieten könnte – weder Reservate, so groß wie die gesamte Valsesia, noch Jagdrechte. Etwas in ihnen ist für immer gestorben. Das gilt auch für Papa: Die Leute zogen aus Fontana Fredda weg, und er wurde im Stich gelassen, sein Herz war dem Frost ausgesetzt und hat sich immer mehr verhärtet, während auf den brachliegenden Feldern seiner Seele das Unkraut wucherte.

Ich schenke mir noch eine Tasse Kaffee mit Schuss ein. Ich gehe ums Haus zum Stall. Dort finde ich die Schlingfallen für die Füchse und die Schneeschuhe, mit denen wir sie aufgestellt haben. Die Ballenpresse, die Papa immer verflucht hat, und den kaputten Kühlschrank, in dem er Schrauben und Nägel aufbewahrte. Auch die Motorsäge finde ich, die gute alte Stihl von früher: Nur dass eine Maus es geschafft hat, den Deckel vom Tank aufzunagen, um darin zu krepieren. Angelockt vom Geruch nach Öl, ertrunken im Benzin. Dann greife ich nach einer der an der Wand hängenden Äxte, im Grunde ist es nur konsequent. Ich gehe wieder nach draußen, stelle die Tasse auf dem Holzstoß ab, spucke mir in die Hände und beginne auf diesen Baum einzuhacken.

Während ich eins ums andere Mal zuschlage, merke ich gar nicht, dass da jemand kommt. Es ist die alte Gemma, die mit dem Mistkarren vorbeigeht.

»Alfredo«, sagt sie, und da halte ich kurz inne und schaue sie an. Sie stellt ihre Karre ab. »Du bist zurück?«

»Nur für heute, Gemma.«

»Was machst du da?«

»Holz für den Winter.«

»Diesen Baum hat dein Vater gepflanzt.«

Ich antworte nicht mehr und arbeite weiter. Ein dicker Stamm ist es nicht. Fünfunddreißig Jahre, fünfunddreißig Jahresringe, magere und fette Jahre, gute und schlechte. Ich komme in den Rhythmus und werde warm, das Holz ist weich und die Klinge scharf. Nach wenigen Minuten kommt der Gnadenstoß. Gemma steht nach wie vor da und schaut zu, wie sich der Baum neigt und fällt, sogar ohne groß Lärm zu machen.

Um nicht genauso zu enden wie diese Maus, habe ich Papa mit sechzehn den Rücken gekehrt, um auf Baustellen zu arbeiten. Zunächst als Hilfsarbeiter, bis ich René kennenlernte, der mir beibrachte, wie man Dächer mit Schieferplatten eindeckt: Mit *piode* wie man bei uns sagt. Heute brutzeln die Leute ihre Steaks darauf, doch früher wurden Hausdächer damit eingedeckt. Hier sind die alten Häuser denkmalgeschützt, sodass es an Arbeit nicht gefehlt hat. Die *piode* müssen regelmäßig ausgetauscht werden. Heute kann das keiner mehr. Dieses Gestein besteht aus einzelnen Schichtflächen, lässt sich also in Platten spalten, und je dünner und leichter die sind, was so sein muss, damit sie liegen bleiben, desto leichter brechen sie. Mit René hab ich acht Monate im Jahr auf den Dächern verbracht, halb nackt und sonnenverbrannt. Ungefähr von März bis November. Ich bin ihm zur Hand gegangen und hab so gelernt, welche Platten man nimmt, wie man sie mit dem Hammer nacharbeitet, Löcher hineinschlägt, um zwei Nägel daran zu befestigen – und zwar ohne dass sie kaputtgehen. Eine Arbeit, die mir gefiel, doch es gab eben auch die anderen vier Monate, die unten am Boden, und René hatte so seine Methode, zu überwintern, hauptsächlich mit Jagen und mit in der Kneipe hocken. Brav, wie ich war, hab ich mitgemacht.

Ich fahre runter ins Tal, genau wie damals. Ich habe die Axt in den Gürtel gesteckt und das Motorrad, das ich früher immer benutzt habe, auf Vordermann gebracht. Als ich noch zwanzig war, haben die Bullen beim Kennzeichen ein Auge zugedrückt: Ich war einfach nur ein Arbeiter, der zu seinem Job fährt. Doch heute bin ich ein Ausgewanderter, der in die alte Heimat zurückgekehrt ist. Deshalb mache ich beim Sportclub halt, obwohl November ist. Der Tennisplatz ist von einer Plastikplane bedeckt und in ihrer Mitte spiegelt sich der Himmel in einer dicken Pfütze.

Es dürfte noch nicht mal zehn sein, aber wer sitzt da am Tresen vor einem Glas Weißwein? Es ist, als wäre es erst gestern gewesen.

»Oh, Fredo«, sagt René. »Haben sie dich rausgelassen?«

»Hier hat sich ja gar nichts verändert«, sage ich.

»Was hast du denn da für ein Ding, dafür braucht man ja einen Waffenschein.«

»Und du erst!«

Wir trinken auf unsere Freundschaft, so wie man das hier halt so macht, innerhalb kürzester Zeit sind wir zu dritt und bald darauf zu viert. Den Dritten kenne ich nicht. Der Vierte, Spitzname Johnny, ist der, mit dem ich Weihnachten '85 auf dem Revier gelandet bin. Eines Abends haben wir eine Diskothek verwüstet und sind mit Stühlen auf Touristen los, Mailänder, was sonst, die zum Skifahren hier waren und ihren Urlaub anschließend im Krankenhaus verbringen durften. Wir konnten sie nicht ausstehen, vielleicht ist es auch um irgendwelche Frauen gegangen, so genau weiß ich das nicht mehr. Wir wanderten hinter Gitter. Als ich in dieser Nacht versucht habe, dem Maresciallo den Grund dafür zu erklären, habe ich gesagt, dass die aus Mailand sind und ich aus Fontana Fredda, einem Dorf mit zwanzig Einwohnern auf 1800 Metern. So bin ich zu meinem Spitznamen gekommen, den ich bis heute nicht losgeworden bin.

»Da ist ja Milleotto!«, sagt er.

»Hallo, Johnny«, erwidere ich.

»Alle schwer am Arbeiten, was?«

»Irgendjemand muss es ja tun«, meint René.

Johnny trinkt eine Runde mit und erwähnt eine sogenannte »Treibjagd«, von der er gehört hat. Die soll ausgerechnet heute früh stattfinden, gar nicht mal so weit weg von hier. Er macht so Anspielungen – keine Ahnung, wen er hier verarschen will, was normalerweise bedeutet, dass man gerade selbst verarscht wird. Dann fallen mir die toten Hunde wieder ein, und ich hake nach: »Von welcher Jagd redest du da, Johnny? Von der auf den Wolf?«

»Oder auf den Hund«, sagt derjenige, dessen Name ich nicht verstanden habe.

Fest steht, dass wir zehn Minuten später alle hinten auf dem Pick-up von irgendeinem Typen sitzen, unterwegs wer weiß wohin. Der Tag ist grau und macht einen hibbelig. Ein typischer Herbstmorgen in meinem Tal.

Hinter dem Fior di Roccia verlassen wir die Landstraße, nehmen einen abschüssigen Schotterweg. Ich weiß jetzt, wohin wir fahren, und als ich das Wasser sehe, zieht sich mein Herz schmerzhaft zusammen. Wenn man an kanadische Flüsse gewöhnt ist, wenn man am Ufer des Fraser Bäume gefällt oder im Kootenay Lachse gefischt hat, ist man einfach gerührt, nach sieben Jahren die Sesia wiederzusehen, denn dann ist dieser Wildbach Kinderkram. Während wir ihr bergauf folgen, fällt mir wieder ein, wie Papa mit uns hier war, um verbotenerweise Forellen zu fangen. Er legte ein Stück Kalziumkarbid wie es früher für Karbidlampen benutzt wurde, in ein Einmachglas, machte ein Loch in den Deckel und warf es in eine Gumpe. Kam das Karbid mit Wasser in Berührung, entstand Ethin und das Einmachglas explodierte. Für Papa war das keine Freizeitbeschäftigung: Anschließend schickte er uns zu den Restaurants der Umgebung, wo wir die Forellen verkaufen sollten, und die nahmen sie uns gerne ab. Genau wie das Wild oder den Steinbock, wenn er denn mal einen erlegte.

Heute fließt hier so gut wie kein Wasser. Als wir den Fluss durchqueren, reicht es kaum bis zum Unterboden. Ich starre hinein, suche nach einem Zucken, einem davonhuschenden Schatten. Wäre ich eine Forelle, würde ich mich hier in der dunkelsten und tiefsten Gumpe aufhalten. Wir folgen Reifenspuren, lassen uns ein wenig durchrütteln, bis wir auf zwei zwischen den Zweigen parkende Jeeps stoßen. Dort steigen auch wir aus, aber der Anblick des Flusses hat mich wehmütig gemacht.

Johnny und der andere gehen zu Fuß weiter, machen sich auf die Suche nach den Jägern. Ich sage, dass ich hierbleibe, um aufs Auto aufzupassen, und René hat keine Lust zu latschen. Kaum sind die anderen weg, sucht er im Wagen herum, macht einen Karton von der Winzergenossenschaft auf, holt eine Flasche heraus und kramt zwischen dem Werkzeug unter dem Sitz einen Schraubenzieher hervor. Anscheinend eine bewährte Methode.

»Ginge es mit einem Korkenzieher nicht schneller?«, frage ich.

»Den vergess ich immer«, erwidert er.

Am Flussbett weht ein kalter Wind, und ich bekomme Lust, ein Feuer zu machen. Vor den Autos liegt eine umgestürzte vertrocknete Birke. Ich ziehe die Axt aus dem Gürtel, schlage Äste und Zweige ab, die ich auf dem Sand um den Stamm anhäufe. Ich höre, wie René die Flasche öffnet. Mit der Axt hoble ich die weiße Rinde ab, sie löst sich in dünnen Streifen, die sich ringelnd zu Boden fallen. Ich nehme eine Handvoll davon, lege sie unter die dünnen Zweige und entzünde sie mit dem Feuerzeug. Eine kleine Rauchsäule und eine winzige Flamme entstehen. Dann knistern die dünnen Zweige, und René reicht mir die Flasche.

»Und, wie ist es so in Kanada?«

»Zu groß«, sage ich.

»Und, hast du eine Frau?«

»Vergiss es.«

»Gibt es in Kanada etwa keine jungen Frauen?«

»Wenige. Wenn es wirklich sein muss, fährt man in die Stadt.«

»Tja, die Welt ist ein Dorf.«

Ich nehme einen großen Schluck vom Gattinara, spüre, wie er mir den Magen wärmt, und schaue ins Feuer, das langsam zu lodern beginnt. Nein, die Welt ist kein Dorf. »Einmal wollte ich sehen, wo Kanada aufhört«, sage ich. »Ich hab mir eine Matratze hinten reingelegt und bin nach Norden gefahren. So reist man dort, weißt du.«

»Schön«, sagt René.

»Ich hab eine Straße namens Klondike Highway genommen. Pi mal Daumen zweitausend Kilometer bis Dawson City. Nichts als Seen, Wälder, Bären und Elche. Fährt man an denen vorbei, schauen sie dich nicht mal an.«

»Liegt der Klondike nicht in Alaska?«

»Nein, in Kanada. Aber Dawson ist mitnichten das Ende. Dort beginnt ein weiterer Highway, der Dempster. Eine reine Schotterstraße. Weitere siebenhundert Kilometer voller Schlaglöcher und Schlamm Richtung Norden. Auf halber Strecke kommst du am Polarkreis vorbei.«

»Siebenhundert Kilometer Schotterstraße?«, sagt René.

»Allerdings.«

»Und, wie ist es so am Polarkreis?«

»Tundra. Kein richtiger Wald, nur so kleine Zwergbäume. Moos. Weite Täler und Tankstellen. Wenn du an einen Fluss kommst, wartest du auf die Fähre, die dich ans andere Ufer bringt.«

Ich reiche ihm die Flasche. René nimmt einen Schluck, ohne den Blick von mir abzuwenden. Er möchte wissen, wo Kanada aufhört.

»Ganz am Ende dieser Straße, weißt du, was da liegt? Eine Stadt, Inuvik heißt die. Kaum zu glauben, dass dort oben überhaupt jemand lebt. Die Häuser sind Pfahlbauten im Permafrost. Davor das Nördliche Eismeer, mittendrin Bohrtürme.«

»Pfahlbauten?«

»Ja. Die Post ist ein Pfahlbau, die Kirche ist ein Pfahlbau, und auch die Kneipe ist ein Pfahlbau. Ich war da mal was trinken. Dort hört Kanada auf.«

René sagt nichts mehr, vielleicht versucht er sich das vorzustellen. Vielleicht versucht er sich auch vorzustellen, wie weit er je von zu Hause weg war: Ibiza vermutlich. Wir reichen uns abwechselnd die Flasche. Ich muss wieder an die Zeit auf dem Dempster denken, auf dem es nie dunkel wurde. Es war Sommer, auch wenn dort oben von einem echten Sommer nicht die Rede sein kann. Die Sonne ging im Norden unter, ein endloser Sonnenuntergang, stundenlang blieb sie am Horizont hängen. Bis ein Sonnenaufgang daraus wurde. Eine ganze Nacht lang lag ich im Schlafsack hinten auf dem Pick-up und schaute in den Himmel. Nie war mir klarer als damals, dass sich die Welt wirklich einen Dreck um uns schert. Und um mich schon gar nicht.

René trinkt und starrt ins Feuer. Ich sehe, wie sich was am Fluss bewegt.

»Sie haben ihn nicht erwischt«, sage ich.

»Hä?« Er schreckt hoch.

»Den Wolf. Die haben ihn schlichtweg nicht erwischt. Schau nur.«

Die Jäger kommen aus dem Wald, sie tragen Tarnanzüge und Gewehre. Ein paar Hunde an der Leine. Einer von ihnen redet laut und flucht bei jedem Satz. Für heute scheint er genug zu haben, wir können also was essen gehen.

Trattoria Alpina bei Anna. Die Gams-Salami tröstet die Jäger. Der gute Rotwein des Tals löst Johnny die Zunge.

»Was sagst du, Milleotto? Wolf oder Hund?«

»Für mich ist das ein Wolf.«

»Und wohin will der?«

»Nach Hause.«

»He, alle mal herhören!«, brüllt er. »Milleotto hat da so eine Theorie.«

»Geh ihm nicht auf den Sack«, sagt René.

»Geh ich dir auf den Sack?«

»Nein, gar nicht.«

»Und, wo ist sein Zuhause?«

Ich verdrehe die Augen. Johnny folgt meinem Blick.

»Im Obergeschoss?«, sagt er.

»Genau da.«

»Und, was sollen wir jetzt tun?«

»Lasst ihn doch laufen.«

Er schaut mich an, ich schaue zurück. Mir dürfte deutlich anzusehen sein, dass er mir tatsächlich auf den Sack geht. Daraufhin nimmt er Vernunft an, wendet sich ab und geht jemand anderem auf den Sack.

René war gerade dabei, mir was zu erzählen, das mich interessiert. »Red weiter, René.«

Er beißt mit den Backenzähnen in die Salami. Als junger Mann hat er das Bier mit den Zähnen aufgemacht und sich so die Schneidezähne ruiniert. »Das Geld kommt von der Region«, sagt er. »Und nicht von einem Privatunternehmen. So soll die Gegend aufgewertet werden. Für uns bedeutet das sichere Arbeitsplätze. Erst kommt der Sessellift – wer weiß, was sich noch so alles ergibt.«

»Wie viele Leute werden denn eingestellt?«

»Allein für den Liftbetrieb ein gutes Dutzend: Monteure. Planierraupenfahrer. Der Typ, der dir aus dem Sessel hilft. Dann noch der Skiverleih, die Skipässe. Und mindestens eine Kneipe ist ebenfalls notwendig.«

»Wenn nicht sogar zwei.«

»Genau. Wir reden hier also von etwa dreißig Arbeitsplätzen.«

»In Fontana Fredda!«

»Aber das kann noch viel mehr werden. Denk an Cervinia! Weißt du, was das vorher war?«

»Nein.«

»Eine Wiese mit zwei Almen und einer winzigen Kirche. Nur haben die leider den Fehler gemacht, alles an Leute von außerhalb zu verkaufen. Die dachten, das wäre ein gutes Geschäft – du weißt ja, wie so was läuft. Die haben den Grund zum Preis von Weideland verkauft, und dann hat man ihnen Fünf-Sterne-Hotels vor die Nase gesetzt.«

»Also kein gutes Geschäft.«

»Eher weniger.«

Ich schaue nach draußen. Betrachte das Tal hier, ein schön erodiertes U, bedeckt von Wäldern. Da wird mir klar, dass mich mein Bruder übers Ohr haut. Fünf Millionen für ein Haus, direkt an der Skipiste? In einem Jahr dürfte er es für ungefähr fünfzigtausend verkaufen. Aber das passt schon: Im Gegensatz zu mir ist er geblieben. Nicht ich habe Papa ins Krankenhaus gefahren, nicht ich war dabei, als er das mit dem Krebs erfahren hat, und ich hab ihn auch nicht anschließend nach Hause zurückgebracht, musste ihm nicht sagen: »Vielleicht irren die sich ja, Papa.« Nicht ich habe ihn mit zerschossenem Kopf im Garten gefunden.

»In der guten alten Zeit wurden die Skifahrer noch verprügelt«, sage ich.

»Und jetzt helfen wir ihnen in den Sessellift«, erwidert René.

»Ich kann mir nicht vorstellen, dass mein Bruder so was macht.«

»Keine Ahnung. Du weißt ja, was man in solchen Fällen sagt.«

»Was denn?«

»*Cherchez la femme:* Da steckt eine Frau dahinter.«

Irgendwann einmal war auch ich mit der Frau meines Bruders aus, und zwar bevor die beiden zusammenkamen. Ich weiß noch genau, wann das war, weil ich gerade den Führerschein gemacht hatte: 1978, im August. Sie ist eine von denen, die hier Urlaub machen, René und ich reparieren das Dach vom Haus ihrer Eltern, eines der alten Holzhäuser, die die Mailänder kaufen. Ich lerne sie auf der Baustelle kennen und frage, ob sie mit mir ausgehen will. Ich kann kaum glauben, dass sie Ja sagt, ich bitte René, mir sein Auto zu leihen, damit ich sie ausführen kann. Ich bin achtzehn, und sie ist ungefähr sechzehn. Ich will zum Campingplatz, wo es Musik und Tanz gibt, aber als ich an besagtem Morgen aufwache, gießt es in Strömen. Keine Arbeit auf dem Dach, zusammen mit René. Ich bleibe zu Hause und schaue aus dem Fenster, rede mir den ganzen Tag ein: Gleich hört es auf, es kann nicht mehr lange wie aus Eimern schütten. Stattdessen wird es noch schlimmer. Ich werde wütend, die ganze Valsesia hat sich gegen mich verschworen, und am Abend beschließe ich, mein Tal herauszufordern. Ich spiele den Draufgänger und hole die Frau ab, ich sehe sie noch auf dem Balkon des Hauses ihrer Eltern stehen: »Bist du sicher?«, fragt sie, daraufhin ich, den Ellbogen aus dem Autofenster gestreckt: »Wir sind hier in der Valsesia, schau nur, was für ein schöner Abend.« Sie rennt zum Wagen, und die paar Schritte genügen, damit sie klatschnass ist.

Ihr habt ja keine Ahnung, wie sich der Fluss schon nach einem Tag mit strömendem Regen verändert! Bei der ersten Brücke merke ich: Das Wasser ist nicht mehr grau vom Eis, sondern braun vom Schlamm, es bildet Strudel an den Pfeilern, schleudert die mitgerissenen Baumstämme dagegen. Man hört es krachen, wenn die Felsblöcke unter Wasser aufeinanderprallen. Gut, ich war erst achtzehn, hätte aber spätestens jetzt merken müssen, dass man da lieber umdreht. Stattdessen fahre ich weiter, schaffe es gerade noch über die Brücke, bevor sie gesperrt wird. Ein echter Schlauberger, dieser Fredo. Weiter vorn ist die Straße wegen eines Erdrutsches unpassierbar, die Brücke ist inzwischen gesperrt, sodass uns die Feuerwehrleute in das Hotel schicken, in das sich auch die Leute vom Campingplatz geflüchtet haben. Genau der Campingplatz, wohin ich die Frau zum Tanzen hatte ausführen wollen: hinweggefegt von der Sesia, mitsamt den Wohnwagen und allem Drum und Dran. Wir verbringen die Nacht in einer Notunterkunft, ihre Eltern kommen schier um vor Sorge und suchen nach ihr, am nächsten Morgen wird sie von der Feuerwehr nach Hause gebracht, und da wissen wir beide, dass unsere Beziehung unter keinem guten Stern steht.

Ich erkundige mich, wo sie inzwischen arbeitet. Nach dem Mittagessen verabschiede ich mich und fahre mit dem Motorrad bis zur Croce Bianca. Als ich aufbreche, ist Schneeregen, als ich ankomme, nieselt es. Ich spüre weder das eine noch das andere und halte hinter der Trattoria, bei der Veranda mit dem Kicker, den Plastiktischen und der Eiskarte – ein Bild, das an lang zurückliegende Sommer erinnert. Genau der richtige Ort für einen wie mich, um zu warten. Ich betrete die Veranda, lehne mich an den Kicker. Die Überdachung ist nicht regendicht, Zigarettenstummel ertrinken im Aschenbecher, und Laub modert auf dem Dielenboden. Ich erkenne die Form der Blätter und mustere den großen Ahorn im Hof, der im Sommer Schatten spendet. Noch vor Jahren hätte mich der kalt gelassen. In Fontana Fredda wächst kein Ahorn. Jetzt empfinde ich fast so etwas wie Zuneigung für ihn. So verliert man an Höhenmetern, im Laufe eines Lebens: Ich war eine Fichte und bin zum Ahorn geworden. Ich hebe eines der Blätter auf und stecke es mir an die Jacke.

»Alfredo«, sagt eine Frauenstimme. Ich schaue mich suchend um, sie kommt aus einem kleinen Fenster. Sie hat noch immer dasselbe rote Haar wie früher. Wenn ich mich nicht täusche, ist das das Toilettenfenster.

»Signora Balma«, sage ich. »Schön, Sie zu sehen.«

»Was machst du denn hier?«

»Ich warte.«

»Du wirst ganz nass, Alfredo.«

»Das ist mir scheißegal.«

Die Frau meines Bruders schaut mich an. Ich kenne diesen Blick. Sie mustert die Axt, die ich im Gürtel stecken habe, und das an die Jackentasche gesteckte Blatt. Sie versucht einzuschätzen, wie betrunken ich bin.

»Eines würde ich gerne wissen«, sage ich.

»Was denn?«, sagt sie.

»Stimmt es, dass du Papa gefunden hast?«

»Ja.«

»Und was hattest du dort oben zu suchen?«

»Das willst du wissen?«

»Ganz genau.«

Seufzend streicht sie sich das Haar hinters Ohr. Sie ist schön, die Frau meines Bruders. Schöner als damals mit sechzehn.

»Ich hab ihn immer mal wieder besucht«, sagt sie. »An besagtem Sonntag hatten wir Kartoffeln geerntet. Wenn ich Zeit hatte, hab ich ihm was gekocht.«

»Ihr beide da oben, ganz allein?«

»Meist ja. Er hat sich gefreut.«

»Wie oft?«

»Ein, zwei Mal die Woche.«

Ich kann mir vorstellen, dass ihn das gefreut hat. Ich stelle mir diese Frau im Haus meines Vaters vor, wie sie auf seinem Herd kocht, während er auf dem Sofa sitzt und zuschaut. Keine Frau hat je wieder einen Fuß in dieses Haus gesetzt, seit Mama es vor dreißig Jahren in der Horizontalen verlassen hat. Worüber sie wohl geredet haben? Er dürfte ihr von früher erzählt haben, von damals, als Fontana Fredda noch bewohnt war. Er lässt sie kochen, obwohl er keinen Hunger hat, inzwischen hat er nur noch Durst. Da fällt mir etwas ein.

»Dann hast du seinen Grappa mit Wasser verdünnt?«

»Ja, Alfredo.«

»Er dachte, er hätte ihn gut versteckt.«

»Doch leider …«

Da wird mir schlagartig klar, dass ich nie hätte zurückkehren sollen. Wenn man mit etwas abgeschlossen hat, hat man damit abgeschlossen. Ich betrachte diese Frau, die uns auf gewisse Weise alle drei kennengelernt hat. Die Tochter von Mailändern, die hier Urlaub gemacht haben – wer hätte das gedacht! Mir fällt ein, dass sie schwanger ist. Sie schaut diesen Mann an, den Bruder ihres Mannes, und ich glaube zu wissen, was sie erhofft: Sie hofft, dass der böse Bruder schnell wieder verschwindet – von dieser Veranda, aus ihrer beider Leben.

»Weißt du noch?«, sage ich. »Einmal sind wir zusammen ausgegangen.«

»Und ob ich das noch weiß.«

»Wo sind wir damals hin?«

»Wir wollten Tanzen gehen, nur dass es geregnet hat.«

»Weißt du noch, welcher Tag das war?«

»Der 7. Augst 1978. Klar, weiß ich das.«

Ich strecke die Hand aus, mit der Handfläche nach oben. Zwei Tropfen fallen von der Überdachung. »Der Regen ist auch nicht mehr das, was er mal war.«

»Komm rein und trink einen Kaffee, Alfredo. Los, komm.«

»Ciao, Signora Balma.«

Die Sonne geht unter. Der Himmel wird genauso grau wie die Steinschindeln auf den Dächern. Vor dem Woodland schaue ich meinem Bruder nach, der in seinem Polizeijeep davonfährt. Ich rauche eine seiner Zigaretten, während sich seine Rücklichter entfernen, mitsamt seinem schlechten Gewissen und seinem Anspruch, alles richtig zu machen. Er setzt sogar den Blinker, bevor er abbiegt.

Mein Bruder ist kein Heiliger, aber ihr braucht uns bloß anzuschauen: eine Fichte und eine Lärche. Papa hat es von Anfang an gewusst. Wir sind ihm beide ähnlich, das wissen wir von klein auf, nur dass mein Bruder die eine Hälfte erwischt hat und ich die andere, genau wie beim Haus.

Morgen verkaufe ich sie ihm und begleiche damit meine Schuld – und keine Angst, danach lässt euch Fredo in Ruhe. Mir kocht hier niemand Suppe oder verdünnt mein Getränk.

Inzwischen ist es Abend geworden, und die Jäger bereiten sich auf ihren morgigen Ausflug vor. Im Valhalla wird über nichts anderes geredet: Angeblich blutet der Wolf. Er hat irgendwo Schutz gesucht, ist verletzt, sitzt in der Falle, die Hunde werden seine Witterung aufnehmen und der Erste, der ihn findet, nimmt sein Fell mit nach Hause. Sie trinken und stacheln sich gegenseitig an.

Johnny sagt: »Hast du mal Gin mit Prosecco probiert, Milleotto?«

»Das fehlt mir noch in meiner Sammlung«, erwidere ich.

»Das ist wie Whisky und Bier, bloß in einem Getränk.«

»Dann wollen wir mal.«

Habe ich bereits erwähnt, warum ihn alle Johnny nennen? Weil er früher immer mit Stiefeln und Cowboyhut rumlief. Inzwischen hat er den Hut an den Nagel gehängt, ist aber nach wie vor Johnny: Hat man hier erst mal einen Spitznamen weg, wird man ihn nicht mehr los. Er ordert bei der Barfrau zwei Prosecco und einen Gin.

»Gordon's oder Tanqueray?«, fragt die Barfrau.

»Nehmen Sie Tanqueray«, sagt Johnny.

Als alles vor ihm steht, gibt er einen winzigen Tropfen Gin in eines der Prosecco-Gläser, den Rest in das andere und glaubt, ich würde das nicht mitbekommen.

»Du hast doch in meins mehr reingetan?«, frage ich.

»Du musst gefeiert werden«, entgegnet er.

Ich trinke mein Glas aus, es schmeckt ganz okay. Das Problem ist nur, dass der Prosecco vom Gin ganz warm geworden ist. Man müsste ihn im Kühlschrank aufbewahren.

»Was arbeitest du gerade, Johnny?«

»Nachtwächter am Staudamm.«

»Da schuftet man sich krumm, was?«

»Ich hör viel Radio. Wie war der Cocktail?«

»Gut.«

»Noch ’ne Runde?«

»Gern.«

Was jetzt folgt, würde selbst noch ein Blinder mitbekommen: Er tut so, als würde er sich Gin einschenken, gibt aber alles mir und stößt seinen Nebenmann in die Seite. Noch so ein Spielchen von früher: Den Dümmsten der Runde betrunken machen und gucken, wie er anschließend versucht, sich auf den Beinen zu halten.

»Willkommen daheim, Milleotto«, sagt Johnny und hebt das Glas.

Das ist der Tropfen, der das Fass zum Überlaufen bringt. Ich kippe das Gebräu hinunter, greife zur Axt in meinem Gürtel, hebe sie hoch und lasse sie auf seiner Stirn landen. *Zum Wohl.* Eisen und Knochen machen das Geräusch der bei Hochwasser aufeinanderprallenden Felsblöcke. Die Barfrau stößt einen Schrei aus. Daraufhin geht Johnny zu Boden, und erst dann sprudelt Blut.

Jetzt, wo ich diesem Tal Lebewohl sage, jetzt, wo mich mein Bruder mit eingeschaltetem Blaulicht verfolgt, kommt es mir so vor, als zöge ich an sämtlichen Kneipen meines Lebens vorbei. Ich gebe Vollgas und verabschiede mich von jeder einzelnen, so wie damals, wenn es spät wurde und man zum Frühstück im Autogrill landete. Leb wohl Sportclub, leb wohl Fior di Roccia, leb wohl Golosone, leb wohl Valhalla. Einen Weißen, einen Braulio, einen Baileys, ein Doppelmalz-Rotbier! Halt mich bloß nicht auf, Bruder: Denk an deine Frau, denk an deine Tochter. Leb wohl Sole e Neve, ein Helles! Leb wohl

La Ruota, ein Whisky! Leb wohl Silly Monkey – Finger weg, die Runde geht auf mich. Halt mich nicht auf, Bruder, halt mich bloß nicht auf: Denk an das, was du hast, ich aber nicht. Leb wohl Laghetto, leb wohl Woodland, leb wohl Bar Alpino, leb wohl. Schau dir nur diesen schwarzen Fluss an, schau nur, wie klar alles ist.

Frau im Wasser

IM SOMMER 1979 liegt eine jüngere Elisabetta im Badeanzug auf einem glatten, lauwarmen Felsen – dort, wo sich der Fluss zu einer kristallklaren Gumpe ausweitet. Sie ist siebzehn und im August in die Valsesia gekommen, direkt nach dem Urlaub am Meer. Der Fluss führt reichlich Wasser: Würde man sich hineingleiten lassen, würde man von der Strömung mitgerissen. Doch diese Stelle ist ein von der Natur geformtes Schwimmbecken, die Urlauber gehen zum Baden dorthin. Der Junge, der ihr Gesellschaft leistet, war aber bislang noch nie hier. Elisabetta betrachtet ihn amüsiert, er ist nackt bis auf die weiße Unterhose und unglaublich verlegen, dabei ist das sein Fluss, sein Tal.

»Du solltest sie ausziehen.« Sie lacht. »Uns sieht doch keiner.«

»Hier sieht einen immer irgendwer.«

Luigi – so heißt er – hält den großen Zeh ins Wasser, um die Temperatur zu prüfen. Elisabetta, die vom Sonnen am Strand lauter Sommersprossen hat, betrachtet seinen blassen Rücken, die sichtbaren Muskeln, den abrupten Übergang an Hals und Armen, wo die Haut auf einmal dunkel wird. Nie würde sie zugeben, dass die Anziehung, die sie empfindet, archaisch ist, ja wenn man so will, politisch. In Mailand ist sie Teil der Schülervertretung am Manzoni-Gymnasium, und hier in der Valsesia hat sie bisher immer bloß was mit anderen Urlaubern gehabt. Sommerflirts. Doch dieser junge Mann ist einundzwanzig und nach der achten Klasse von der Schule abgegangen. Mit so jemandem hat man keinen Sommerflirt.

»Warum sagst du eigentlich *die* Sesia?«, fragt sie.

»So sagen wir halt«, erwidert er, sich an einen Felsen klammernd. »Bloß ihr sagt *der* Sesia.«

»Interessant«, meint sie. »Der Fluss ist also weiblich.«

Sie will gerade eine Bemerkung über die mütterliche Natur des Wassers machen, beißt sich aber auf die Zunge, als ihr einfällt, was er ihr erzählt hat, nämlich dass er seine Mutter als kleines Kind verloren hat. Sie denkt an Tethys, die griechische Göttin der Flüsse und Quellen. Und an die Mutter des Achill, die ihren Sohn unverwundbar macht, indem sie ihn in den Styx taucht – mit Ausnahme der Ferse. Sie beschließt, das lieber für sich zu behalten. Sie will sich hier nicht als Lehrerin des edlen Wilden aufspielen, deswegen ist sie nicht hier. Es ist das wahre Leben, das sie so an ihm fasziniert.

Sie richtet sich auf dem Felsblock auf, spürt das warme Gestein unter den Fingern.

»Wenn ich mich ausziehe – ziehst du dich dann auch aus?«

»Bitte nicht!«, erwidert er.

»Ja oder nein?«

»Die sehen einen. Irgendwo hockt bestimmt ein Alter mit seinem Fernglas rum.«

Elisabetta tut es trotzdem. Alte mit dem Fernglas interessieren sie nicht, dieser junge Mann hier dagegen umso mehr. Sie zieht den Badeanzug aus, wirft ihn auf den Felsen, macht einen Schritt nach vorn und stürzt sich in *die* Sesia, wie sie diesen Fluss von nun an nennen wird.

In den fünfzehn Jahren, die sie jetzt mit Luigi zusammen ist, hat sie einige Dinge wie die hier gelernt. Zum Beispiel, dass das Tal eine Sonnen- und eine Schattenseite hat. Auf der Sonnenseite liegen die Felder und auf der Schattenseite die Wälder. Im Schatten werden die Bäume im Herbst früher gelb und der Schnee bleibt im Frühling länger liegen, während in der Sonne vorwitziges Grün hoffen lässt, der Winter wäre bereits vorbei. Es gibt Sonnentiere und Schattentiere: Zahme auf der einen Seite und Ungezähmte auf der anderen. Doch die Wildbäche, die auf der einen wie auf der anderen Seite hinabfließen, münden alle in denselben Fluss, wo man sie weder unterscheiden noch trennen kann.

Auch sie hat ihm Dinge beigebracht. Zum Beispiel wie eine Frau gern gestreichelt werden will. Luigi hatte es anfangs eilig, brachte alles stumm und hastig hinter sich.

»Mit wem hast du's schon gemacht?«, hat sie ihn einmal gefragt.

Darauf er: »Das sag ich dir lieber nicht.«

Doch dann lernte er mit großer Hingabe, seine Hände wurden immer geschickter. Auch so was, was Elisabetta auf Anhieb an Luigi mochte: dass er eine Intelligenz besaß, die es so in der Stadt nicht mehr gab. Mit den Händen konnte er einfach alles lernen, vermutlich sogar Klavierspielen, hätte er es denn gewollt. Sie liebte es, ihm beim Schreinern zuzusehen. Das Holz war sein Element, seine Sonnenseite.

Seine Schattenseite hatte mit Alkohol zu tun, wie sie schon bald feststellen sollte. Und der Alkohol hatte etwas mit seinem Vater und seinem Bruder zu tun. Elisabetta kannte niemanden, der so trank wie sie: Sie konnten sich Tage hintereinander betrinken, trinkend zu Bett gehen und trinkend wieder aufstehen. Und währenddessen noch arbeiten, Auto fahren, auf die Jagd gehen, Sex haben, ohne dass jemand, der sie nicht kannte, auch nur das Geringste bemerkt hätte. Kannte man sie hingegen, merkte man an winzigen Details, dass sie betrunken waren. Luigi spürte dann beispielsweise keine Kälte mehr. Oder tat so, als könnte er sich noch an die Gespräche vom Vorabend erinnern. In Wahrheit hatte er tagelange Blackouts. Wer weiß, wo er war, wenn der Alkohol ihn entführte, ihn mit sich riss. Es war, als würde ihn das Trinken mit seiner wilden Waldseite in Kontakt bringen, mit einer winterlichen Seite, die Elisabetta auf den Verlust der Mutter zurückführte. Er war noch nie gewalttätig geworden, höchstens mit Worten. Und sie hatte gelernt, sich von den Worten eines Betrunkenen nicht verletzen zu lassen. Wenn er dann zurückkehrte, war er zärtlicher denn je, ja brauchte sie mehr denn je.

An besagtem Tag am Fluss rechnete sie nicht damit, sich so zu verlieben. Mit einundzwanzig kam sie für immer her, als sie die Trennungen einfach nicht länger ertragen konnte. Sie zogen in eine Zweizimmerwohnung unten im Tal, er aus Fontana Fredda, sodass er zum ersten Mal ein richtiges Bad hatte. Unglaublich, aber wahr: Bei ihm zu Hause erledigte man die Notdurft über einem Loch im Boden, sie fiel dann direkt in den Stall. Gegen den Willen ihrer Eltern gab sie Mailand und die Universität auf, fing an, sich mit Saisonjobs in der Valsesia über Wasser zu halten. Im Sommer auf dem Feld, im Winter in den Restaurants, während Luigi in der Schreinerei arbeitete und plante, eine eigene aufzumachen. Das war das echte Leben, von dem sie so viel in Büchern gelesen hatte.

Nach einem Jahr des Zusammenlebens machte er ihr völlig unerwartet einen Heiratsantrag. Ans Heiraten hatte Elisabetta nie gedacht. Es geschah einfach so, und eines Morgens im Mai fand sie sich plötzlich als Ehefrau wieder, vor einer kleinen, dem Heiligen Laurentius geweihten Kirche. Weder sein Vater noch ihre Eltern waren dabei. Nach dem Mittagessen verabschiedeten sie sich von ihren wenigen Freunden, um allein im Fluss zu baden.

Im November 1994 verlässt Elisabetta die Trattoria, in der sie gerade arbeitet. Es ist schon dunkel und hat ein wenig geregnet. Sie steigt ins Auto, weiß, dass sie nach Frittierfett stinkt und fragt sich, ob sie nach Hause fahren und duschen oder einfach tun soll, was sie tun muss. Ihr fällt ein, wie sie einst über die Schäfer gegrinst hat, die nach Stall und Parfüm stanken, das sie auftrugen, ohne sich vorher gründlich gewaschen zu haben. Jetzt denkt sie: Ein jeder stinkt nach dem Leben, das er führt, warum also nicht stolz darauf sein? Egal, ob Ziege oder Fritteuse – wo ist da der Unterschied? Zögernd biegt sie auf die Landstraße ein, sie fährt nur ungern im Dunkeln auf regennassem Asphalt. Nach ein paar Kilometern hält sie am Straßenrand, lässt die Schlüssel stecken, steigt aus und betritt den Lebensmittelladen.

»Hallo, Franca.« Sie hätte gern frisches Gemüse, aber in den Kisten liegen bloß Zwiebeln, Kartoffeln, ein verwelkter Salat und die ein oder andere gummiartige Karotte. Nachsaison.

»Hast du kein Obst?«

»Der Laster kommt erst noch«, sagt Franca hinter der Ladentheke.

»Bei euch alles gut?«

»Doch ja, passt.«

»Und wie geht es deiner Mutter?«

Hinter der Frau ist der Fernseher zu hören. Die Tür ist angelehnt und führt in ein Wohnzimmer, Elisabetta erkennt Francas Mann auf dem Sofa. Eine Ladenwohnung: Wenn die Glocke läutet, so wie gerade, als sie hereinkam, braucht einer der beiden bloß aufzustehen und zu bedienen. Das war hier schon immer so. Sie weiß noch, wie sie in den Ferien herkam und Francas Mutter den Laden führte, der immer noch aussieht wie damals.

Nach dem Einkaufen schaut sie in der Gemeindebibliothek vorbei. An der Ausleihe ist nur die Bibliothekarin zu sehen. Eine junge Frau, die erst seit Kurzem da ist, auch sie hat jemand von hier geheiratet, und Elisabetta hat das Gefühl, sich selbst zu sehen, als sie noch neu hier war. Sie heißt Antonella. Sie hat sich über diese Arbeit gefreut, um dann festzustellen, dass so gut wie niemand vom Angebot Gebrauch macht – mit Ausnahme der Mittelschüler und dieser netten Frau.

Elisabetta hat ein Buch dabei, dass sie zurückgeben möchte. Robert Ranke-Graves, *Die Weiße Göttin.* Die Bibliothekarin erhitzt ein wenig Wasser im Wasserkocher. Sie setzten sich und trinken Tee.

»Ich habe noch jemanden für den Literaturkreis gefunden«, sagt Elisabetta. »Damit wären wir zu fünft.«

»Wen denn?«, fragt Antonella.

»Ein Herr, der immer in die Trattoria kommt.«

»Weißt du schon, was du lesen willst?«

»Du bist die Bibliothekarin.«

Antonella denkt nach. Sie beobachtet sie, die Tasse in der Hand. Bestimmt ist ihr der Frittiergestank schon in die Nase gestiegen.

»Was hast du eigentlich studiert?«, fragt sie.

»Ich war auf dem humanistischen Gymnasium. Dann zwei Jahre an der Uni, Italienische Literatur, anschließend habe ich das Studium abgebrochen und bin hierhergezogen.«

»Und du bereust es nicht?«

»Was? Dass ich das Studium abgebrochen habe?«

»Das auch.«

»Nein, im Gegenteil. Ich will nie mehr zurück.«

Aber das ist nur die halbe Wahrheit. Elisabetta weiß, dass es kein Zurück mehr gibt. Der Fluss fließt nur in eine Richtung. Sie selbst verschwendet keine Zeit mit Reue, das ist eine ihrer Stärken.

»Das ist jetzt dein zweiter Winter hier, stimmt's?«

»Ja.«

»Der zweite ist der schwierigste. Hab Geduld.«

»Wieso ist das der schwierigste?«

»Beim ersten war noch alles neu, alles eine Entdeckung.«

»Und beim dritten gewöhnt man sich dran?«

»Komm, überlegen wir uns ein schönes Buch.«

Letztlich leisteten sich die Frauen des Tals Gesellschaft, indem sie Kinder bekamen. Sie hatte zunächst nicht das Bedürfnis. Sie war noch jung, und es gab so vieles, was sie an diesem Leben liebte: vor allem die Wälder und den Fluss. Die nassen Sommer und schneereichen Winter, das Bauernjahr, all die Dinge, die man von den Leuten hier lernen konnte. Und die Bücher, sodass sie nie einsam war. Elisabetta ist eine Frau, der Autoren und Autorinnen schon von klein auf Gesellschaft leisten, als wären sie Menschen aus Fleisch und Blut: Sie spricht zu ihnen, und sie sprechen zu ihr.

Einige davon haben ihr dabei geholfen, hier zu leben. Flannery O'Connor, diese seltsame junge Frau, die mit ihrer Mutter zusammenlebte. Und Tania Blixen, die Frau, die ihren alten Familiensitz ganz allein bewohnte. Eine Frau, die ihr Schicksal nicht beklagte: vom Ehemann verlassen, an Syphilis erkrankt, dazu die Verantwortung für eine Farm, die stets kurz vor der Pleite stand – und trotzdem war ihr Blick voller Staunen, ihre Stimme voller Anmut. Sie sang ein Lied auf die Liebe zwischen einer Adeligen und einem wilden, ungezähmten Geschöpf, das sie Afrika nannte, das aber genauso gut Valsesia hätte heißen können. Achtzehn Jahre hatte sie dort gelebt, dann war sie nach Dänemark zurückgekehrt und hatte angefangen zu schreiben, um ihr Heimweh zu bekämpfen: Elisabetta konnte sie gut verstehen.

Kaum waren sie verheiratet, machte Luigi tatsächlich seine eigene Schreinerei auf. Die war allerdings nicht von Dauer, denn er konnte zwar gut mit Holz, aber so gar nicht mit Zahlen umgehen, und sie war die Letzte, die ihm dabei hätte helfen können. Nach der Pleite bewarb er sich für den Staatsdienst und schaffte es über Beziehungen, zur Forstpolizei zu kommen. Etwas spät, um dort noch Karriere zu machen. Mit dreißig als einfacher Polizist anzufangen – das bedeutete, zehn Jahre später dran zu sein, als wenn man gleich nach dem Militärdienst hingegangen wäre. Er machte den Job wegen des Geldes, für sie beide, weil er versuchte, sein Leben nach gewissen Regeln zu leben. Anfangs gefiel es ihm gar nicht, Befehle erteilt zu bekommen, die Uniform schien zu kratzen. Dafür arbeitete er fast immer an der frischen Luft, was ihm gefiel. Nach Tagen, an denen er Rebhühner und Birkhühner gezählt oder die Wiederansiedlung von Hirschen begleitet hatte, war er bester Laune. Beim Abendessen erzählte er ihr dann davon: Stell dir vor, Betta, ein in Jugoslawien eingefangenes Paar, mit Betäubungsmitteln ruhiggestellt und dann in die Valsesia verfrachtet, um dort in den Wäldern freigelassen zu werden. Wer weiß, ob dieses Wild überhaupt gemerkt hat, dass es im Schlaf tausend Kilometer zurückgelegt hat. Das Weibchen war vermutlich trächtig. Das Männchen hatte gerade erst sein Geweih abgeworfen. Das erste abgeworfene Hirschgeweih in der Valsesia seit wer weiß wie vielen Jahren: Wie gern er es finden und mit nach Hause nehmen würde! Jetzt redete er nicht mehr von der Schreinerei, das Kapitel war abgeschlossen. Sie dachte an den jungen Mann im Fluss zurück, von dem sie damals so gut wie nichts gewusst hatte, daran, aus welch unterschiedlichen Welten sie stammten, an die lange Reise, die sie zusammen unternahmen.

Es ist das Jahr vor Alfredos Rückkehr, der Oktober 1993. Ich gehe den Häuptling Kinyanjui besuchen, sagt sich Elisabetta morgens. Sie ist Tania Blixen, die einmal die Woche den Häuptling der Kikuyu in seiner Hütte aufsucht. Sie nimmt das Auto und verlässt das Dorf: nach Bibliothek, Mittelschule, Gemeindesaal fährt sie über eine Brücke, danach wird die Straße schmaler und der Asphalt schlechter. Ihre Hände werden feucht, in den Kurven gibt es nicht mal Leitplanken. Während sie bergauf fährt, stößt sie auf kleine Gemüsegärten, den ein oder anderen Holzstapel, ein Maultier. Natursteinhäuser. Fels, der aus dem Boden ragt, unkanalisierte Wildbäche, Zivilisation, die zurückweicht. Nach der letzten Kurve ändert sich das Panorama abrupt, die Südseite kommt immer unerwartet, und Elisabetta findet sich auf der Hochebene wieder, von der man wie von einer Aussichtsterrasse ins Tal schaut. Fontana Fredda. Hier endet die Straße, ein Weiler aus heruntergekommenen Häusern, dahinter nichts als Wälder und Weiden. Das Dorf der Kikuyu.

Zu Fuß legt sie das letzte Stück Weg zurück, der zum Haus des Alten führt.

»Hallo, Grato.«

Er antwortet nicht. Eigentlich ist er gar nicht so alt,

aber der Alkohol hat ihn vorzeitig altern lassen. Er konzentriert sich auf seine Arbeit: Mit zitternden Händen versucht er, die Motorsäge zu schleifen.

Sie tut so, als hätte er »Hallo, Elisabetta« gesagt.

»Ich hab dir Eier mitgebracht. Ist der Ofen an?«

Eine Bewegung mit dem Kinn. Das bedeutet Ja.

»Dann mach ich dir Kaffee, einverstanden?«

Elisabetta lässt ihn allein. Die Motorsäge ist mit einer Klemme an einem Holzbrett befestigt, auf der Wiese vor dem Haus. Alle Arbeit wird dort verrichtet, sommers wie winters, außer es schüttet wirklich. Als sie mit der Tasse zurückkommt, beobachtet sie ihn: Im Grunde müsste Grato mit der Feile über jeden Zahn der Motorsäge fahren. Luigi hat ihr das mal gezeigt. Zwei oder drei Mal, Hauptsache es ist stets dieselbe Anzahl an raschen, leicht drehenden Bewegungen. »So als wäre sie eine Schraube, die reingedreht wird, siehst du?« Aber die Hände des Vaters sind nicht die des Sohnes, nicht mehr, sodass Präzisionsarbeit für ihn mittlerweile nichts als Frust bedeutet. Er verflucht das Werkzeug.

Elisabetta setzt sich auf die Bank und reicht Grato das Frühstück. In der Tasse hat sie ein Eigelb mit Zucker verschlagen und es dann mit Kaffee aufgegossen. Ganz so als wäre er ein Kind, gelingt es ihr, ihn mit ein paar Tricks zu ernähren. Inzwischen ist dieses Ei der Hauptbestandteil seiner Ernährung, sonst isst er gar nichts mehr.

Grato lässt sich neben sie fallen. Er greift zur Tasse, schnuppert daran, da ist kein Alkohol drin, enttäuscht verzieht er das Gesicht. Aber er nimmt einen Schluck, und das, was er schmeckt, gefällt ihm.

»Gut«, sagt er kaum hörbar.

Von der Bank schaut Elisabetta ins Tal. Oben gibt es bereits Schnee, unten dünnen Nebel. Dieser Himmel, dieses Licht. Sie kann einfach nicht verstehen, warum alle fortgegangen sind.

»Grato«, sagt sie. »Hast du das mit dem Sessellift gehört?«

»Ja, hab ich.«

»Der wird einige Neuerungen bringen. Der ein oder andere wird wieder hierherziehen. Das könnte schön werden.«

»Pah.«

»Glaubst du nicht?«

Der Alte hebt eine Hand und zeigt auf die Straße, auf den Punkt, wo sie hinter dem Dorf verschwindet. Er hat einen knotigen, arthritischen Finger. Und der Häuptling der Kinyanjui spricht: »Irgendwann kam aus dieser Kurve die erste Motorsäge. Sie war so groß, dass man sie mit einem Maultier transportiert hat, zwei Leute mussten sie festhalten. Da war es vorbei mit unserer Baumsäge, und so kommt es, dass man heute Benzin braucht, um Holz zu fällen.«

»Aber es ist doch bequemer so, oder?«

Grato stellt sich taub. Er hustet und sagt: »Dann kam die asphaltierte Straße, früher gab es nur einen Maultierpfad hier rauf.«

»Wann war denn das?«

»Das ist gar nicht mal so lange her. Vor zwanzig Jahren.«

»Die Landstraße kam und dann?«

»Dann sind die Leute ins Tal gezogen, um in der Fabrik zu arbeiten. Niemand mehr da. Und jetzt kommt der Sessellift.«

»Wir werden sehen. Noch ist es nur ein Plan.«

»So ein Scheiß.«

Grato trinkt seinen Kaffee aus. Ein bisschen Eischaum ist ihm im Bart hängen geblieben, aber das Zittern hat nachgelassen. Das liegt am Zucker. Elisabetta weiß, dass er recht hat, was die Schattenseiten des Fortschritts anbelangt. Sie weiß aber auch, dass Häuptling Kinyanjui zum Aussterben verdammt ist. Sie betrachtet sein Profil und erkennt Luigis darin. Dieselbe gerade vornehme Nase. Manchmal ertappt sie sich dabei, den Vater zu betrachten und sich vorzustellen, wie sein Sohn als alter Mann aussehen wird.

Dann bleibt Gratos Blick irgendwo hängen. Sie merkt, dass er etwas entdeckt hat. Sie folgt seinem Blick und sieht einen großen Vogel, der sich auf dem Wipfel einer Lärche niedergelassen hat. Ein Adler, Irrtum ausgeschlossen. Luigi hat ihr erklärt, dass es ein Pärchen im Hochtal gibt, einmal hat er es ihr vom Auto aus im Flug gezeigt. Er hat ihr auch erzählt, dass Adler ein Leben lang zusammenbleiben. Dass sie hauptsächlich auf Murmeltiere Jagd machen, aber auch auf junge Gämsen, manchmal auf Hühner. In einem Umkreis von zehn Kilometern um ihr Nest werden keine Feinde geduldet. Ist das Adlerjunge groß genug, muss es weiterziehen, und das hier könnte so ein Jungadler auf der Suche nach einer neuen Bleibe sein.

»Hol mir das Gewehr«, sagt Grato und lässt den Vogel nicht aus den Augen. Er ist wie in Trance.

»Wie bitte?«

»Es ist im Keller. Es ist bereits geladen. Los, schnell.«

»Nein, Grato.«

»Beweg dich!«

Elisabetta rührt sich nicht von der Stelle. Luigi hat sie vorgewarnt: Sein Vater schieße auf alles, was sich bewegt. Er sei ein Wilderer durch und durch, könne kein wildes Tier sehen, ohne den Wunsch zu verspüren, es zu erlegen. Eines Tages werde er hier raufkommen und ihn verhaften, ihm wenigstens das Gewehr abnehmen müssen.

Hätte er es ihm doch nur abgenommen! Aber dann hätte Grato sich vermutlich anders umgebracht. Mit Luigi hat sie nie darüber geredet. Für Elisabetta ist das hier später einfach Schicksal: Heute sieht sie den Alten zum letzten Mal lebendig.

Der Adler fliegt vom Lärchenwipfel auf, und sie merkt, dass er nicht flügelschlagend landet wie die anderen Vögel. Er breitet seine Schwingen aus und überlässt sich dem vom Tal aufsteigenden Wind. Wie schön das sein muss, sich einfach so dem Wind zu überlassen! Grato murmelt ein Wort. Ein hässliches Wort, typisch alter Griesgram, womit er die von außen kommende Frau seines Sohnes meint. Diesmal stellt *sie* sich taub.

Im Bad betrachtet sie sich im Spiegel. Sie ist zweiunddreißig und empfindet sich als ein wenig verwahrlost. Wenn sie ihre Eltern in Mailand besucht, fallen ihr sofort die Frisuren, die Kleider der jungen Frauen in den Straßen auf. Die Mode hat sich stark verändert, seit sie von dort weg ist. Sie dreht sich um und betrachtet ihren Bauch im Profil: Langsam ist eine Wölbung zu erkennen. Bald werden alle im Tal Bescheid wissen. Und vielleicht wird sie dann endlich auch eine aus dem Tal sein. Es waren bereits mehrere Monate seit Gratos Tod vergangen, als sie Luigi eines Abends fragte: »Was hältst du davon, ein Kind zu bekommen?« Diesmal war es ihre Idee. Sie hatte sich nicht die Mühe gemacht, einen Zusammenhang zwischen den beiden Ereignissen herzustellen, zwischen dem Tod eines Vaters und ihrem Kinderwunsch, wusste aber auch so, dass es da einen gab. Luigi erwiderte: »Ich warte schon seit einer ganzen Weile darauf, dass du das sagst.«

Nach dem Duschen isst sie allein zu Abend und hört dabei Radio. Auf dem Kultursender weicht eine Frauenstimme Klavierklängen. Elisabetta lauscht der Musik, isst Reissalat und schaut aus dem Fenster. Das Tankstellenschild erhellt die dunkle Straße. Sie denkt an die Männer, die um diese Uhrzeit zu Hause die Gewehre reinigen. Das hat sie in der Arbeit mitbekommen, auch wenn die Leute bei ihr vorsichtig sind: Sie ist schließlich die Frau eines Forstpolizisten. Doch manche Nachrichten lassen sich einfach nicht verheimlichen: Morgen früh bei Tagesanbruch wird sich ein Trupp Jäger an der Römerbrücke sammeln, von dort aus wird er in Formation die Sesia entlang flussaufwärts ziehen. Andere werden sich weiter oben auf die Lauer legen, an bereits vereinbarten Orten, und darauf warten, dass dieser Hund oder Wolf, was immer es auch ist, in Schussweite kommt. Was wohl aus dem Weibchen werden wird, aus der weißen Hündin, die sie noch heute Morgen gesehen hat?

Das Telefon klingelt, und Elisabetta steht auf, um dranzugehen. Manchmal lässt sie es läuten. Heute Abend hat sie gern etwas Gesellschaft.

»Hallo, Mama.«

»Hast du von diesem Buch gehört?«, sagt die Stimme ihrer Mutter.

»Von welchem Buch?«

»Hörst du nicht gerade Radio?«

»Ich war in Gedanken.«

»Das über Dolcino und Margherita.«

Sie hören denselben Sender, und ihre Mutter ruft an, um über die Sendung zu diskutieren – ganz so als säßen sie in derselben Küche.

»Du weißt schon, die Ketzer.«

»Apostoliker«, verbessert Elisabetta sie.

»Hatten die sich nicht in der Valsesia versteckt?«

»Ja, in Rassa. Für manche waren sie tatsächlich Ketzer.«

»Nun, Margherita soll eine wohlhabende junge Frau gewesen sein, aus einer Trienter Adelsfamilie. Bis Dolcino auftauchte und seine Lehre verkündete. Da hat sie sich verliebt.«

»In ihn oder in seine Lehre?«

»Sie wurden ein Paar. Mehr weiß ich nicht.«

»Ihre Mutter dürfte begeistert gewesen sein.«

»Nicht einmal sie war wirklich begeistert.«

»Woher willst du das wissen?«

»Weil Margherita vier Jahre später an einen Pfahl gebunden und vor seinen Augen bei lebendigem Leib verbrannt wurde.«

»Nach gerade mal vier Jahren?«

Elisabetta trägt das Telefon zum Fenster und setzt sich

erneut. Sie hört die Musik am anderen Ende der Leitung, denkt an die Wohnung, in der sie aufgewachsen ist: an das Wohnzimmer, die Sessel, den Teppich, die Bilder mit Alpenpanoramen an den Wänden. Draußen ist gerade der Tankwagen vorgefahren, der zwei Mal die Woche Benzin bringt. Doch auf den Bildern ihrer Eltern sind Bäuerinnen auf dem Feld und weiße Kirchlein im rosa Sonnenuntergang zu sehen.

»Keine Sorge«, sagt sie. »Hier wird mich niemand bei lebendigem Leib verbrennen.«

»Ist Luigi zu Hause?«, fragt ihre Mutter.

»Nein, der ist unterwegs.«

»Hat er heute Abend schon wieder Dienst?«

»Ja, Mama.«

»Bei einer schwangeren Frau – könnte er da nicht wenigstens abends zu Hause bleiben? Hast du nicht gesagt, seine Vorgesetzte ist eine Frau?«

»Und was soll seine Vorgesetzte da tun?«

»Die sollte wissen, dass eine andere Frau schwanger allein zu Hause sitzt. So was nennt man weibliche Solidarität.«

»Und sie nennt sich *Chefinspektorin*.«

Ihre Mutter schnaubt in den Hörer. Auf der Landstraße fährt ein Krankenwagen vorbei. Mit Blaulicht und Martinshorn fährt er davon. Vielleicht schaut ihre Mutter auch gerade aus dem Fenster: auf den Innenhof mit den Laubengängen, auf die Dachziegel, die Balkone gegenüber. In den Mailänder Himmel, wenn der Nebel die Lichter der Stadt reflektiert.

»Hör zu«, meint ihre Mutter. »Wenn du nicht kommen willst, komm ich eben bald zu dir. Wenigstens gegen Ende der Schwangerschaft.«

»Bis zum Ende der Schwangerschaft ist es noch lange hin.«

»Na ja, wie man's nimmt. Das ist im April.«

»Jetzt hör schon auf, Mama.«

Sie verabschiedet sich kurz angebunden. Aber in zehn Minuten ruft ihre Mutter ohnehin wieder an. Beim Auflegen denkt Elisabetta: April. Es ist verrückt, jetzt schon an den April zu denken. Sie haben noch den ganzen Winter vor sich, und durch den kommt man am besten, wenn man nicht zu weit vorausdenkt. Sie stellt sich vor, wie sie ihrer Mutter ein Bett auf dem Sofa machen wird. Wie Luigi in seiner schlammbespritzten Uniform nach Hause kommen und sie dort im Nachthemd vorfinden wird.

Was ihre Mutter nicht weiß und was sie ihr bewusst verschweigt, ist, dass er hin und wieder auswärts übernachtet. Am Fluss vielleicht. Oder im Haus seines Vaters. Oder aber er sucht mit seinem Schlafsack bestimmte Orte im Tal auf, die nur er kennt. Und zwar wenn sie gestritten haben. Und wenn sie gestritten haben, ist immer Alkohol im Spiel. Einmal hat sie ihn gefragt, was er in solchen Nächten macht: Er macht ein Feuer und trinkt ein Fläschchen. Sie hat das nie in Zweifel gezogen. Mit der Zeit hat sie sich an diese einsamen Nächte gewöhnt, sie sind einfach ein Teil ihrer Ehe. Sie hat einen Mann, der manchmal bei ihr schläft und manchmal im Wald. Elisabetta wird das leid werden, in gar nicht mal allzu ferner Zeit.

Deshalb hat sie heute Abend gar nicht mit seiner Rückkehr gerechnet. Sie wacht davon auf, dass er ins Zimmer kommt, seine Kleidung zu Boden fallen lässt. Sie hört, wie er die Decke anhebt und spürt kurz darauf seine Hand auf der Hüfte, wo er sie gern hinlegt, wenn sie zusammen im Bett sind. Sie hat das Gesicht abgewandt. Seine Hand ist von draußen noch ganz kalt.

»Wie spät ist es denn?«, fragt sie.

»Spät«, sagt Luigi.

»Und dein Bruder?«

»Der ist fort.«

Sie dreht sich zu ihm um und riecht den Whisky in seinem Atem. Whisky, Zigaretten und noch etwas, das ihm im Bart und in den Haaren hängen geblieben ist. Ein Duft nach feuchter Erde, Regen, Flussufer. Sie tastet im Dunkeln nach ihm, findet eine Schulter, seinen Hals, liebkost ihn.

»Wie, der ist fort?«

»Er hat einem Typen aus der Kneipe den Schädel eingeschlagen. Mit der Axt. Dann ist er abgehauen.«

»Er hat ihm den Schädel eingeschlagen? Heißt das, er hat ihn umgebracht?«

»Nein, der Typ liegt auf der Intensivstation. Er ist fast schon im Jenseits, aber noch lebt er.«

»Warst du im Krankenhaus?«

»Ja. Ich kenn ihn sogar.«

»Wer ist es?«

»Ein armes Arschloch.«

»Und wo ist dein Bruder?«

»Keine Ahnung, wo der ist. In Kanada.«

Luigi schluchzt. Elisabetta spürt an den Fingern, dass seine Wange feucht ist. Ist das das *echte Leben*, nach dem sie sich so gesehnt hat? Sie weiß jetzt, wie sich das nächtliche Wimmern eines Betrunkenen anhört. Sie weiß jetzt, wie ein Mann aussieht, der sich den Schädel weggeschossen hat. Sie hat es zweifellos kennengelernt, das echte Leben. Luigi weint im Dunkeln, er reißt sich nicht länger zusammen. Wegen oder dank des Alkohols bricht alles aus ihm heraus: Er weint um seinen Bruder, er weint um seinen Vater, er weint um sich selbst.

»Wir richten uns das Haus trotzdem her«, sagt er. »Mach dir keine Sorgen.«

»Schatz«, sagt sie. »Mein lieber Schatz.«

Sie küsst ihn auf die Wange, auf die geschlossenen Lider. Sie küsst die nach Whisky schmeckenden Lippen, den nach Fluss schmeckenden Bart.

Am nächsten Morgen lässt sie ihn ausschlafen, sie steckt ein Handtuch ein und verlässt die Wohnung. Sie quert die Straße, die Tankstelle, das dahinter liegende Wäldchen und biegt in einen abschüssigen Weg ein. Ein paar Kilometer weiter dürfte die Treibjagd inzwischen ein Ende gefunden haben. Die Sesia führt nicht viel Wasser in letzter Zeit, das Eis hat die Wildbäche erstarren lassen, die sie nähren, doch Elisabetta kennt eine Gumpe, wo es immer Wasser gibt. Um sie zu erreichen, balanciert sie über die Felsen, bleibt auf dem breitesten, flachsten stehen und setzt sich.

Die Sesia nimmt sie auf. Heute ist sie harmlos, man sieht vieles, was sonst fast immer unter Wasser liegt. Die abgeschliffenen Holzstücke sehen aus wie Skulpturen, am schönsten sind die Baumwurzeln, weil sie so sinnlich-verschlungen sind. Die Birken laden zu Neuanfängen ein. Die Stimme des Flusses ist ein kaum hörbares Murmeln: eine Gumpe, eine Stromschnelle, eine Gumpe, dann die Schleife, wo er die Richtung ändert.

Elisabetta zieht sich aus. Es ist kalt, und sie hat gelernt, tief zu atmen: Die Atmung wärmt. Sie geht erst mit dem einen und dann mit dem anderen Fuß ins Wasser. Obwohl sie daran gewöhnt ist, gibt es immer den Moment, in dem sie instinktiv zurückschreckt, in dem sie sich überwinden muss. Das Wasser reicht ihr bis zu den Oberschenkeln, dann bis zum Schritt, bis zum Brustkorb. Da bleibt sie stehen. Sie legt sich eine Hand auf den Bauch und fleht stumm: Tochter, das ist die Sesia. Sesia, beschütze mein Mädchen.

Sie bleibt nur wenige Sekunden im Wasser, verlässt es dann wieder und trocknet sich ab. Sie rubbelt die Haut, damit ihr warm wird, und zieht sich an: die Socken, die Jeans, den Wollpulli und die Stiefel. Es prickelt angenehm, die zusammengezogenen Gefäße weiten sich wieder, das Blut rauscht in ihren Adern.

Sie hat soeben das Handtuch in ihrer Tasche verstaut, als sie eine Bewegung zwischen den Sträuchern wahrnimmt. Ein Hund? Ja, es ist die junge Hündin von gestern, die Weiße. Sie beobachtet sie. Elisabetta schaut sich um und merkt, dass der Rüde nicht mehr dabei ist. Die Hündin ist allein zurückgeblieben, hier am Fluss. Sie beobachtet sie verängstigt, aber bedürftig. Sie weiß nicht recht, ob sie näher kommen oder fliehen soll. Inzwischen dürfte sie eine Heidenangst vor Menschen haben, kann aber auch nicht ohne leben. Vielleicht spürt sie, dass sie einer Frau begegnet ist, und überlegt, ihr zu vertrauen.

Fünfzehn Jahre zuvor streckt sich Elisabetta nackt in der Sonne auf diesem warmen, glatten Felsen aus und wartet auf den jungen Mann.

Fünfzehn Jahre später kniet sie sich hin und streckt die Hand nach der jungen Hündin aus.

»Komm«, sagt sie. »Los, komm.«

Oh, Haus meines Vaters

HEUTE NACHT HABE ich geträumt, dass ich durch den Wald renne. Es war Abend, kurz vor Einbruch der Dunkelheit, und die Jagdhunde hetzten mich. Ich spürte sie direkt hinter mir, hörte das Winseln, das die Hunde von sich geben, wenn sie ein Wildtier stellen, die Zweige der Bäume schürften mir die Haut auf, rissen mir die Kleider vom Leib. Keine Ahnung, wer ich war, der Mann von heute oder das Kind von damals, jedenfalls war das nicht der Wald, in dem ich aufgewachsen bin, wo zwischen Fichten und Lärchen Licht hindurchfällt. Das war ein dichterer, wilderer Wald, einer von denen im Tal, es war Wind aufgekommen, und die Bäume schwankten, die Birke, die Eberesche, die Buche, die Erle, die Weide, der Weißdorn. Erkennen konnte ich die Höllenhunde nicht, ich hatte nur ihr Kläffen im Ohr. Ich rannte und rannte, mit hämmerndem Herzen.

Da sah ich eine Tür aus Efeu, wie ich das nenne, wenn sich Efeu gleich an zwei Bäumen empor-, ja sich vom Geäst des einen zum Geäst des anderen rankt, und dort flüchtete ich mich hinein. Dahinter stand das Haus meines Vaters. Genau das. Nicht das dunkle, traurige Haus von heute, sondern ein schönes großes Haus mit hellen Fenstern. Sie leuchteten förmlich. Im Näherkommen begriff ich, was das für ein Licht war. Er hat es doch tatsächlich getan, dachte ich, Fredo hat es doch tatsächlich angezündet: Das Haus meines Vaters steht in Flammen. In dem Moment bin ich aufgewacht: das Telefon.

Elisabetta war nicht da, ich brauchte ein wenig, bis mir das klar wurde, dann stand ich auf und ging ran. Ich dachte schon, das wären die Carabinieri, die Polizei, jemand, der vom Revier anrief – den Notar hatte ich vollkommen vergessen. Dessen Sekretärin meinte, man erwarte uns in der Kanzlei. Ich stand in der Küche und musste mich mit heiserer Stimme entschuldigen, ihr erklären, dass der Termin geplatzt ist. Bestimmt hat sie sich gedacht: Der wollte kommen und ein Haus kaufen, und jetzt liegt er im Bett und schläft. Sie war sauer, aber ich konnte heraushören, dass so was gar nicht mal so selten passiert. Eine Kehrseite des Berufs. Es soll Leute geben, die ihre eigene Hochzeit absagen.

Ich legte auf und merkte, dass ich nackt war. Wieso bin ich nackt?, dachte ich. Da fiel mir ein, dass Betta und ich heute Nacht oder gestern Abend miteinander geschlafen hatten. In der Küche stand ein Stück Torte für mich, daneben die schon befüllte Espressokanne, ich brauchte bloß noch den Herd einzuschalten. Unter dem Kuchenteller lag ein Zettel, ich las ihn, während der Kaffee kochte. Sie hatte zwei Bäume darauf gezeichnet, eine Lärche und eine Birke, dazwischen ein kleines Herz. Dieses schmale, dünne Herz, das sie immer zeichnet. Womit hab ich nur diese Frau verdient?, dachte ich. Ich betrachtete die Küche und alles darin, die bunten Tassen, den Blumen-Jahreskalender, ihre Sachen, die mein Leben schöner machten. Dann schenkte ich mir Kaffee ein und aß die Torte, Mürbteig mit Blaubeeren. Vermutlich die Blaubeeren, die wir im August gesammelt hatten, und da musste ich wieder an sie und ihre blauen Finger, ihren blauen Mund denken.

Anschließend rief ich im Krankenhaus an, um mich zu erkundigen, ob der Typ noch lebte oder schon tot war.

Er lebte noch, mehr konnte ich nicht in Erfahrung bringen. Er war allerdings noch nicht wieder zu Bewusstsein gekommen.

Ich hatte also den Vormittag frei, wollte aber nicht hören, was die Leute sagten. Deshalb kehrte ich an den gestrigen Ort zurück, an den mit dem Rottweiler. Am Flussufer war der wenige Schnee völlig zertrampelt. Abdrücke von Jägern, viele waren es nicht, ich zählte vier verschiedene Schuhabdrücke und etwa genauso viele Hunde. Ich folgte ihnen. Das konnte dauern, aber ich hatte Zeit, und das Laufen machte mir nichts aus. Ich musste zwei Tage Saufen ausschwitzen.

Wie bereits gedacht, grub sich die Sesia ein Stück weiter vorn ins Gestein. Es entstand nicht direkt eine Schlucht, aber die Ufer wurden steil, und es war kompliziert, auf halber Höhe der Böschung aufzusteigen. Der einfachste Weg war das Flussbett. Ich versuchte nicht länger, von einem Stein zum anderen zu springen, begoss ich mich halt noch mehr, ich trat ins Wasser und achtete nicht weiter darauf. Um einen Kater zu verscheuchen, gibt es nichts Besseres als eiskaltes Wasser, das flieht er wie der Teufel das Weihwasser. Im Wald herrschte eine solche Stille, dass auch ich langsam zur Ruhe kam. Ich stieg flussaufwärts, lauschte der Strömung, entdeckte Löcher, die mit etwas mehr Wasser perfekte Gumpen gewesen wären. Wir müssen unbedingt wieder hierherkommen, dachte ich, das wird Betta und mir guttun. Irgendwann schwamm mir sogar eine kleine Forelle vor die Füße.

Nach einem einstündigen Fußmarsch fand ich den Hund. Sie hatten ihn einfach dort liegen lassen, den Valsesia-Killer, er klemmte zwischen zwei Felsblöcken. Vielleicht hatten sie ihn auch weiter oben zur Strecke gebracht, und die Strömung hatte ihn ein Stück mitgerissen, bis er zwischen den Felsen stecken geblieben war. Er lag halb unter Wasser. Eine tolle Idee, einen Hundekadaver im Fluss verwesen zu lassen! Also nahm ich seine Beine und zog ihn aus dem Wasser, legte ihn ans Ufer. Durchnässt, wie er war, schien er bloß noch aus Haut und Knochen zu bestehen.

Ich sah sofort, dass das kein Wolf war. Das graue Fell hätte von einem Wolf sein können, aber weiter hinten waren die schwarzen Flecken eines Hundes zu sehen. Keine Ahnung, was für eine Mischung das war. Er hatte eine klaffende Wunde an der Seite, vermutlich ein Souvenir des Rottweilers, sowie ein Einschussloch über der Schulter. Wenigstens hatte der erste Schuss gleich gesessen. Ein Maul voller Narben, die für mich keinerlei Ähnlichkeit mit Bissen von Hunden, Tigern, Löwen oder sonst was hatten: Die stammten von den Prügeln, die er zu Lebzeiten bezogen hatte.

Ich überlegte kurz, wie ich ihn am besten abtransportieren konnte. Sollte ich kehrtmachen und einen Rucksack holen oder aus Zweigen eine Art Bahre basteln? Letztlich verzichtete ich auf solche Lösungen: Das war etwas, was man pragmatisch angehen musste, so wie den Abstieg, der auf mich wartete. Ich schulterte ihn, geschätzt dreißig Kilo. Ich nahm die Vorderpfoten in die rechte und die Hinterpfoten in die linke Hand. Dann lief ich am Ufer lang, immer geradeaus.

Das Unterholz war voll mit modrigem Laub und versteckten Wurzeln. Ich taumelte vorwärts, mit diesem Gewicht auf den Schultern, während mir der Schweiß nur so über den Rücken lief. Alle zwei Schritte musste ich es neu justieren, aufpassen, dass ich nicht ausrutschte. Währenddessen sagte ich mir: Da hast du dir ja was Schönes eingebrockt, seit Tagen machst du nichts anderes, als tote Hunde einzusammeln. Du bist ein Hundebestatter. Der Kopf, dieser arme, herabbaumelnde Kopf, schlug mir gegen den Körper.

Weit war es zugegebenermaßen nicht. Mein Tal ist klein. Hundert Meter bergab, und schon fand ich mich auf der Landstraße wieder. Ich ließ den Hund von den Schultern gleiten, versteckte ihn im Gebüsch und lief zum Suzuki. Nicht durch den Fluss, sondern auf der Straße. Hin und wieder überholte mich ein Wagen und wurde langsamer. Ich war klatschnass, aber vom Aufstieg war mir dermaßen warm geworden, dass meine Schultern dampften.

Ich fuhr das Tal wieder hoch. Mit dem toten Hund im Kofferraum fuhr ich langsam am Eisenwarenhandel vorbei, am Lebensmittelladen, am Tabakladen, damit mich die anderen Dorfbewohner ja auch sahen. An der Abzweigung nach Fontana Fredda bog ich spontan ab und fuhr nach oben. Es war, als riefe das Haus meines Vaters nach mir.

Acht Kilometer lang dachte ich an meinen Vater, daran wie er in meiner Kinderzeit gewesen war. Papa war kein schlechter Mensch, sondern einfach bloß vom Pech verfolgt. Ich weiß noch, wie er uns die Villen in der Valsesia zeigte und uns erzählte, wer alles Geld mit Textilien, mit Zement gemacht hatte. Einer hatte angefangen, Schäfern die Wolle abzukaufen, ein anderer wertlose Grundstücke am Fluss. Es gab einen, der den Dörflern zu Wucherzinsen Geld lieh, gegen eine Hypothek auf ihre Felder, meist nur winzige Stückchen Land zur Selbstversorgung. Mit dieser Methode sicherte sich der Wucherer irgendwann die halbe Valsesia: Danach ließ er für sein Seelenheil eine kleine Kirche errichten, die dem Heiligen Gratus geweiht wurde, dem Heiligen, der die Ernte vor Unwetter und die Menschen vor Blitzschlag schützt. Die Villen, die wir uns ansahen, waren überwiegend bloß an den Frühlingswochenenden bewohnt, wenn wir vom Auto aus zusahen, wie die Reichen auf ihrer Veranda zu Mittag aßen. Keine Ahnung, was mein Vater daran fand. Es machte ihn bloß wütend und verbittert, sonst nichts.

Als ich dort oben ankam, war ich fest davon überzeugt, nur noch einen rauchenden Trümmerhaufen vorzufinden. Doch das Haus stand noch, Fredo hatte bloß einen

Baum im Garten gefällt. Seinen, nicht meinen. Die Lärche stand, die Fichte lag im Gras. Ich wusste den Humor meines Bruders zu schätzen, obwohl es mir leidtat, den inzwischen erwachsenen Baum zu verlieren. Doch dann dachte ich ganz egoistisch, dass die Lärche, jetzt, wo sie nicht länger von der Fichte überschattet wurde, besser gedeihen würde. Klatschnass lud ich den Hund aus. Ich ließ ihn auf der Wiese liegen und ging in den Stall, um nach Hacke und Schaufel zu suchen.

Als ich mit dem Gerät nach draußen kam, stand Gemma da und starrte den Hund an. Gemma ist eine der letzten, die in Fontana Fredda geblieben sind: Aber so seltsam das auch klingen mag – mit meinem Vater redete sie schon seit Jahren nicht mehr. Gegen Betta und mich hat sie jedoch nichts, sie freute sich zu hören, dass wir hier raufziehen wollten.

»Luigi«, sagte sie. »Hallo.«

»Hallo Gemma.«

»Was machst du da?«

»Ich begrabe diesen Hund.«

»War das dein Hund?«

»Nein. Aber ich mach es trotzdem.«

Sie dachte nach. »Das ist gut«, sagte sie.

Ich schaute mich um und fragte: »Wo soll ich ihn hintun, Gemma, was meinst du?«

»Sollte er nicht lieber im Wald liegen?«

»Nein, nein, ich möchte ihn bei mir im Garten haben.«

Ich entschied mich für die Ecke mit den Bäumen, unweit der Lärche und des Baumstumpfs der Fichte. Ihr Holz war noch weiß, und man konnte die Axtschläge zählen. Fredo ist gut, dachte ich: Es war schon Jahre her, dass ich einen von Hand gefällten Baum gesehen hatte. Ich griff nach der Hacke, schwang sie über den Kopf und machte mich ebenfalls an die Arbeit.

Ich dürfte eine halbe Stunde für das Loch gebraucht haben. Ich holte jede Menge Steine aus dem Boden, Fontana Fredda liegt auf einem einzigen von Erde bedeckten Steinhaufen. Ich habe bewusst tief gegraben, damit der Fuchs den Verwesungsgeruch nicht wittert und anfängt zu scharren. Ich packte den Hund an den Pfoten, zog ihn ins Loch, strich ihm zärtlich über die Schnauze und bedeckte ihn erst mit großen, dann mit kleinen Steinen. Am Schluss mit der wenigen Erde. Ich war nass geschwitzt, als ich mich hinsetzte, um mein Werk zu begutachten. Ich zündete mir eine Zigarette an und betrachtete die stehende Lärche, die liegende Fichte und das Hundegrab dazwischen.

Gemma war immer noch da, sie hatte sich nicht von der Stelle gerührt.

»Luigi«, sagte sie. »Stimmt das, dass die eine Skipiste anlegen?«

»Ja, das stimmt«, sagte ich.

»Wann geht es los?«

»Im April oder Mai.«

»Werden sie viele Bäume fällen?«

»Hm«, meinte ich, »für Piste und Lift dürften zehn Hektar Wald benötigt werden. Geht man von fünfhundert Bäumen pro Hektar aus, dürften es um die fünftausend sein. Wir müssen in den nächsten Tagen aufsteigen und sie auszeichnen.«

»Auszeichnen?«

»Wir markieren sie mit Farbe. Im Frühling wird dann gefällt.«

»Fünftausend Bäume werden gefällt?«

Ich schaute sie an. Sie hatte ein ganz trauriges Gesicht, war mehr als nur besorgt. Ein untröstlicher Blick aus knallblauen Augen.

»Was soll man machen«, sagte ich. »Mitten im Wald kann man schlecht Ski fahren.«

»Wie schade«, erwiderte sie.

Natürlich hatte Gemma recht. Aber der Mensch fällt seit jeher Bäume, züchtet Vieh, schlägt sich gegenseitig den Schädel ein und vieles mehr. Wenn es auf der Welt etwas Böses gibt, haben wir es uns ausgedacht. Ich rauchte die Zigarette zu Ende, drückte sie im Gras aus und überlegte, ins Tal zu fahren, die Motorsäge zu holen und diese Fichte klein zu machen, die nicht viel Feuerholz geben würde. Denn ich hielt ihren Anblick in meinem Garten jetzt schon nicht mehr aus.

Später nahm ich dann wieder die Straße bergauf, die ich bestimmt schon eine Million Mal gefahren bin, meine heiß geliebte alte Landstraße, als sich das Tal in einer Kurve drehte und ich mich vor dem Gletscher am Monte Rosa wiederfand. Er blendete so sehr, dass es in den Augen wehtat. Keine Ahnung, warum, aber ich hatte das Bedürfnis, rechts ran zu fahren. Ich hielt am Straßenrand und saß einfach da, starrte auf das sich vom Himmel abhebende grelle Weiß. Ich vergesse oft, dass hoch oben in diesem Tal diese Berge liegen, dass der Fluss dort entspringt: Unten bei uns war es schon seit geraumer Zeit dunkel, während hier oben der Gletscher die Sonne reflektierte. Genau wie das Haus meines Vaters im Traum, groß, schön, strahlend. Meine Rettung. Ich betrachtete ihn durch die Windschutzscheibe, und das Haus meines Vaters leuchtete über diesem dunklen Tal, wo unsere Sünden ungesühnt bleiben.

Die Schlacht der Bäume

Ich war in vielen Gestalten,
bevor ich diese Form fand.

Ich war der Sturzbach am Steilhang,
ich war der Lachs im Ozean,
ich war der Nebel, der die Haare nässt.

Ich war die junge Frau, der Hund,
das Glas in den Händen des Trinkenden,
der Atem in der Mundharmonika,
der Schnee, der den Mond reflektiert.

Von meiner hohen Warte, dort,
wo einst eisiges Wasser entsprang,
sah ich die Bäume und Pflanzen
zur Schlacht eilen.

Die Weide in der ersten Reihe
parierte den Angriff.
Die Drosselbeere des Vogelfängers
gab ihr Deckung.

Die Hundsrose hingegen
hielt entschlossen stand;
Sie ist bewaffnet mit vielen Speerspitzen,
die verwunden die Hand.

Unter den Füßen der Eiche
dröhnte das Schlachtfeld,
»mannhafter Wächter« heißt ihr Name
in allen Sprachen.

Geschickt traten
Stechpalme und Weißdorn nach vorn.
Sehr zornig war die Brennnessel
mit dem Rhabarber als Schutzschild.

Ungeschlacht und wild die Fichte,
unerbittlich die Buche:
weicht keinem Angriff,
direkt aufs Herz zielt sie.

Die Birke, obwohl verletzt,
bewaffnete sich nicht wie die anderen,
ein Zeichen nicht von Feigheit,
sondern von hohem Stand.

Im Verborgenen blieben
Blaubeere und Enzian,
unerfahren im Kampfe,
sowie der ritterliche Farn.

Das Heidekraut spendete Trost
den von Mühen erschöpften Kämpfern,
die nach Harz duftende Kiefer
ihm in die Arme fiel.

Verdient machten sich der Ginster
mit seiner üblen Frucht
und die unbeliebte Latschenkiefer
in bescheidenem Gewand.

Die Gaben verschenkende Bärentraube
stand finster am Rand der Schlacht,
und der Holunder, der langsam brennt,
inmitten sengender Feuer.

Die Alpenrose schloss fest die Reihen.
Da zögerte auch nicht länger
die Himbeere, angesichts
des aufrückenden Feindes.

Trauben- und Flaumeiche
und der sie bedeckende Efeu
fochten und fielen,
nebeneinander lagen sie.

Der Ahorn, trotz all seiner Wut,
rührte sich kaum:
Er kämpfte in der Mitte der Schlacht,
laut war seine Klage.

Noch ehe sie starb,
sorgte die Kastanie mit ihren süßen Früchten
für großes Getümmel, erlangte Ruhm
als die Mutigste schlechthin.

Die Buche schlug mit Feuereifer zu,
entlaubt wurde der Hornbaum im Kampf.
Das marodierende Weidenröschen
verteilte sich überall mit dem Wind.

Die Lärche tat ihren Schrei,
Himmel und Erde dröhnten.
Die Zweige voll frischer Knospen
bohrten sich in den Boden.

Die Zirbelkiefer war die Letzte, die fiel.
Ihr Angriff verbreitete Angst und Schrecken.
Sie wurde zurückgeschlagen, schlug zurück,
und teilte heftig aus.

Nun aber ist das Blutvergießen vorbei,
der Stein abgeschliffen.
Die großen Meere nähern sich rasch,
seit ich den Schlachtruf hörte.

Und der gesegnete Goldregen
lacht heimlich
unter dem Felsvorsprung
von seltsamer Gestalt.

Der Wipfel der Birke
sprießt aus dem Stamm:
Auf ihre ausdauernde Kraft
hofft der Mensch.

Wanderer staunen,
Weise sind weiterhin erschreckt,
über das Wiederaufflammen der Konflikte
die schon längst bekannt.

Unter dem abnehmenden Mond,
ein höchst schrecklicher Kampf,
und ein anderer, der bald toben wird
in der prallen Sonne.

Aber ich, wenngleich verachtet,
weil damals noch nicht in dieser Gestalt,
kämpfte, ihr Bäume, in euren Reihen,
auf dem Feld von Fontana Fredda.

Anmerkungen des Autors

ICH BIN IN einem eher unmusikalischen Haushalt aufgewachsen, aber zum Glück hatte ich eine ältere Schwester mit einer Stereoanlage und ein paar Kassetten. Eine davon war *Nebraska* von Bruce Springsteen. Ich kann mich noch genau an das Cover mit dem Namen des Künstlers und dem Titel in Rot auf schwarzem Grund erinnern, an das Schwarz-Weiß-Foto von einer durch die Windschutzscheibe aufgenommenen Ebene. Der Horizont ist ein wenig schief, der Himmel voller Wolken, die sich in der Motorhaube des Wagens spiegeln, die Straße führt schnurgerade durch kahle Felder. Anfang der 90er-Jahre habe ich mich in diese Platte verliebt, ohne genau zu wissen, warum, denn die Texte konnte ich damals noch nicht verstehen. Die Musik könnte kaum simpler sein: drei Akkorde (aber das habe ich erst viel später gemerkt, als ich sie selbst gespielt habe), Gitarre, Mundharmonika und das Genuschel Springsteens, der mit geschlossenem Mund oder allein für sich zu singen scheint wie jemand nachts in einem dunklen Zimmer. Vielleicht auch in diesem Auto, das quer durch Nebraska fährt. Ich hörte das

Album immer wieder von vorn und drehte dabei die Kassette um: diese Kassetten begannen mit der Zeit zu leiern, aber es war gut, dass der Sound noch etwas dreckiger wurde – so wie wenn das Autoradio einen weit entfernten Sender einfängt. Ich habe nie aufgehört, es zu hören, und das seit dreißig Jahren. Das dürfte das Album sein, das ich in meinem Leben am häufigsten gehört habe.

Ich musste tief in die amerikanische Literatur eintauchen, bevor ich zu *Nebraska* zurückkehrte und es besser verstand (an dieser Stelle möchte ich mich gern bei Leonardo Colombati für die wertvolle Analyse dieses Werks bedanken). Hier die Kurzfassung: Im Herbst 1981 ist Springsteen zweiunddreißig Jahre alt und hat gerade seine Tour zu *The River* hinter sich. Dieses Album hat ihn weltweit zum Rockstar gemacht. Er hat in einem Jahr hundertvierzig Konzerte gespielt, die sowohl in Amerika als auch Europa alle ausverkauft waren. Eine Frau gibt es nicht in seinem Leben, dafür aber eine Wahlfamilie, die E Street Band, die sich, kaum wieder zu Hause, auflöst. Für eine Weile macht jeder sein eigenes Ding. Nur dass Bruce kein »eigenes Ding« hat – vom Vater einmal abgesehen, zu dem er eine schwierige Beziehung hat und der später der berühmteste Vater in der amerikanischen Rockmusik werden sollte (denn zahlreiche Songs seines Sohnes handeln von ihm). Zu allem Überfluss wird der junge Mann von seinem Vermieter vor die Tür gesetzt, also mietet er sich in seiner Heimat New Jersey ein anderes Haus. Er hat vor, weitere Songs zu schreiben, ist jedoch wieder auf sich allein gestellt, ein langer Winter steht bevor. Und das hinter ihm liegende Jahr fordert seinen Tribut: das Adrenalin, das Bad in der Menge, das Tourleben. Eine düstere Stimmung macht sich breit, die Melville als »Frostgefühl eines feuchten und kalten Novembers« beschrieben hat.

Abends schaut er sich in diesem Haus vor allem *film noirs* und Streifen voller Gewalt an, so was wie *Die Nacht des Jägers* von Charles Laughton und *Badlands – Zerschossene Träume* von Terrence Malick. Er liest viel. Später wird er sagen, dass er die Inspiration für seine Lieder von da an nicht länger in anderen Liedern, sondern in Büchern fand. Er wird James M. Cain zitieren (*Wenn der Postmann zweimal klingelt)* und vor allem Flannery O'Connor. Um Flannery O'Connor kommt man einfach nicht herum, wenn man sich wie ich an der Tradition der Kurzgeschichte orientiert. Sie war katholisch und hatte irische Wurzeln (Springsteen ist zur Hälfte Ire und zur Hälfte Italiener, eine katholischere Mischung ist in Amerika kaum denkbar), lebte zwischen den 20er- und 60er-Jahren in den Südstaaten, litt an einer degenerativen Erkrankung und starb jung, nachdem sie lange bettlägerig gewesen war. Kein Wunder, dass ihre Kurzgeschichten düster sind, es ist die Horrorliteratur der damaligen Zeit: Diebe, Mörder, einbeinige junge Frauen, Straßenprediger. Eine besonders einprägsame Geschichte heißt *Der Fluss*, und *The River* war auch das Lied, von dem sich Springsteen zu einem Neuanfang inspirieren lassen wollte.

Das Stück war ihm einige Jahre zuvor eher zufällig geglückt. Bis dahin hatte er stets so Sachen geschrieben wie »Hey Baby, steig zu mir ins Auto, wir zwei sind wie dafür gemacht, damit durch die Gegend zu düsen«, doch angesichts des Lebens seiner Schwester entstand plötzlich dieser wunderschöne Song über ein Paar. Er ist in einem Tal aufgewachsen, in dem man in die Fußstapfen des Vaters zu treten hat. Als er sie kennenlernt, ist sie siebzehn und wird sofort schwanger. Die beiden müssen heiraten, er wird Gewerkschaftsmitglied und arbeitet auf dem Bau. Das junge Paar badet häufig im Fluss, mit der Zeit allerdings immer seltener. Der Fluss trocknet aus, die Liebe verdorrt. Wegen der Wirtschaftskrise verliert er seine Arbeit. Das ist keine Kurzgeschichte von Flannery O'Connor, sondern eine von Raymond Carver – noch so ein Autor, den Springsteen gerne las. Dessen Debüt, *Würdest du bitte endlich still sein, bitte*? kam 1976 heraus, sein zweites Buch *Wovon wir reden, wenn wir von Liebe reden* genau in diesem Jahr, nämlich 1981.

Welche Musik könnte zu solchen Geschichten passen? Wer in der amerikanischen Musikszene sang von Arbeitslosen, Pechvögeln, Kleinkriminellen und Habenichtsen? Dafür muss man in die Zeit der Großen Depression zurückgehen, zum Folk, auf den bereits Bob Dylan zurückgegriffen hatte. Was in der Literatur Steinbeck in *Früchte des Zorns* und *Von Mäusen und Menschen* erzählt hat, haben Pete Seeger, Hank Williams und Woody Guthrie musikalisch umgesetzt. Gesang, Mundharmonika und »diese Maschine, die Faschisten tötet«, wie Guthrie auf seine Gitarre geschrieben hatte. Springsteen, Sohn eines Arbeiters aus New Jersey, aufgewachsen in einer Straße, wo auf der einen Seite Italiener und auf der anderen Iren lebten, beschließt mit zweiunddreißig, eine Pause vom Rock'n'Roll zu machen und sich dem Folk zuzuwenden. Um diese Geschichten, die auch er kennt, auf diese Weise zu erzählen.

Keine Ahnung, woher Künstler solche Eingebungen nehmen, es ist und bleibt ein Rätsel. Manchmal entstehen sie in guten Zeiten, manchmal in schlechten, aus innerem Frieden, aus Chaos und Schmerz, aus einer guten Ehe oder aus dem Ende einer Ehe – so genau lässt sich das nicht sagen. Fest steht nur, dass Springsteen im Herbst 1981 so eine Eingebung hat. Innerhalb weniger Wochen schreibt er die zehn Songs des Albums *Nebraska* sowie weitere, die auf späteren Alben landen werden. Für die Probeaufnahmen bittet er seinen Tontechniker, ihm zu Hause ein kleines Aufnahmestudio einzurichten. Der installiert ihm ein vierspuriges Aufnahmegerät: Er kann also für jedes Lied drei Instrumente plus Stimme getrennt voneinander einspielen, um sie dann selbst zu mischen. Sprich Gesang, Gitarre, Mundharmonika, Schlagzeug und ein einfaches Tamburin. Andere Male wird die vierte Tonspur für den »Chor« verwendet, wie er es nennt, auch wenn man beim Anhören der Platte eher an Gejaule denken muss.

Wie es sich wohl angefühlt hat, Weihnachten und Neujahr in diesem leeren Haus zu verbringen? Ich muss an eine Kurzgeschichte von Carver denken, in der es heißt: Feiertage sind immer das schwierigste (gemeint ist der Alkohol). Vielleicht war Bruce Weihnachten ja bei seiner Familie, Silvester dürfte er auf eine Party eingeladen gewesen sein. Am 3. Januar 1982 schaltet er schließlich das Aufnahmegerät ein, setzt sich hin und beginnt zu spielen. Nach und nach nimmt er alle Lieder auf. Was für ein Tag!

Im Frühling bringt er die Band im Studio wieder zusammen, nach einem erholsamen Winter sollen sich seine Musiker an die Arbeit machen. Sie hören sich die Kassette mit den Probeaufnahmen an. Sie arrangieren sie, fügen Bass, Schlagzeug, Saxophon, Keyboards und E-Gitarre hinzu. Sie machen mehrere Versuche, wollen einen guten Sound kreieren. Bis sie sich irgendwann ansehen und einhellig, einschließlich Springsteen, der Meinung sind, dass diese Lieder vorher besser waren. Ihr ganzer Charme steckte in der Kassette, die er allein aufgenommen hatte, nuschelnd und jaulend. Sie weiter verbessern zu wollen, ist überflüssig. Das, was wir heute hören, wenn *Nebraska* aus unseren leistungsstarken oder erbärmlichen digitalen Abspielgeräten kommt, ist tatsächlich der Bruce Springsteen, der am 3. Januar 1982 in seinem kleinen Zimmer in New Jersey singt.

In genau diesen Monaten schrieb Raymond Carver seine besten Kurzgeschichten: *Kathedrale* erschien 1983, kurz darauf Springsteens *Nebraska*. Diese Short Stories und diese Songs halten gewissermaßen Zwiesprache. Carver starb 1988, er konnte das Album gerade noch anhören und dürfte es ebenfalls geliebt haben, auch wenn es mir nicht gelungen ist herauszufinden, ob sich die beiden je begegnet sind.

Taliesin war ein gallischer Barde aus dem 6. Jahrhundert, eine Art damaliger Bruce Springsteen – vorausgesetzt, es hat ihn tatsächlich gegeben. Ihm wird das obskure Gedicht *Cad Goddeu* beziehungsweise *Die Schlacht der Bäume* zugeschrieben, darin verbergen sich Erinnerungen an einen uralten Krieg, Zauberformeln und wenn man Wissenschaftlern glaubt, ein Alphabet namens Beth-Luis-Nion, nach den ersten drei Buchstaben, aus denen es sich zusammensetzt (Birke, Eberesche, Erle): Jeder Buchstabe steht für einen Baum, einen Mondmonat, eine mythologische Figur, einen menschlichen Wesenszug. Keine Ahnung, ob Mario Rigoni Stern davon gelesen hat, aber in *Arboreto salvatico* zitiert er häufig den keltischen Kalender. Ich habe mir die Freiheit genommen, einige Verse dieses Gedichts umzuschreiben – mit den Bäumen aus meinen Wäldern und den Dingen, die heute geschehen, im Hinterkopf.

Auf jeden Fall ist die Valsesia ein wunderschönes Tal, das vom Monte Rosa, unserem Muttergebirge aus, abfällt. Ich suche es regelmäßig auf, zu Fuß, von meinem Haus aus. Ich war auch schon mit dem Kanu da, weil die Sesia einer der schönsten Flüsse zum Wildwasserkajaken ist – einer der letzten in den Alpen, der noch nicht begradigt und kanalisiert wurde und über lange Strecken noch wild ist. Die Valsesia hat eine lange Tradition als Zufluchtsort für Verfolgte und Minderheiten – angefangen von Fra Dolcino über die Volksgruppe der Walser bis hin zu den Partisanen der Resistenza – außerdem besitzt sie eine unten im Tal gut wahrnehmbare Arbeiterseele.

Doch für uns, auf unserer Seite des Monte-Rosa-Massivs, ist die Valsesia der Ort, wo das schlechte Wetter herkommt. Wir haben sogar ein Sprichwort, das besagt: Kommt der Wind aus der Valsesia, dann schau, dass du heimkommst, denn bald wird es regnen. Dieses Tal ist ein Trichter, in dem aller Nebel landet, der zwischen Novara und Vercelli aufsteigt, und es ist schon bizarr, an der Wasserscheide zu stehen oder vom Gletscher am Monte Rosa hinabzuschauen und die Wolken stets auf der einen, die Sonne hingegen stets auf der anderen Seite zu sehen. Dieses Tal scheint vom Pech verfolgt zu sein. Es ist für seine Überschwemmungen bekannt, und weil es dort so viel regnet, wird es auch liebevoll »das Regenloch Italiens« genannt. Ich war noch nie in den amerikanischen Badlands, aber ich glaube, es ist der ideale Ort, um zu meinem Nebraska zu werden.

Anmerkungen der Übersetzerin

DAS GEDICHT VON Raymond Carver auf S. 7 wurde von mir aus dem Englischen und in Anlehnung an die von Paolo Cognetti leicht abgewandelte italienische Übersetzung übertragen, angefertigt von Riccardo Duranti und Francesco Durante (Raymond Carver, *Orientarsi con le stelle. Tutte le poesie*, minimum fax, Rom 2016. Das Original, *The Grant*, stammt aus *All of Us by Raymond Carver.*

Die Schlacht der Bäume auf S. 125 findet sich in dem ebenfalls im Roman erwähnten Buch *Die Weiße Göttin. Sprache des Mythos* von Robert Ranke-Graves, Cognetti hat die italienische Übersetzung von A. Pelisseri abgewandelt, ich die deutsche Übersetzung von Thomas Lindquist.

Das Melville-Zitat auf S. 135, im Original *»damp drizzly november in my soul«*, stammt aus dem Anfang von *Moby Dick oder Der weiße Wal*, ich zitiere hier aus der Übersetzung von Wilhelm Strüver.